U0017913

台灣南島語言⑦

鄒語參考語法

齊莉莎 Zeitoun Elizabeth ◎著

遠流

台灣南島語言⑦

鄒語參考語法

作　　者／齊莉莎 (Zeitoun Elizabeth)

發 行 人／王榮文

出版發行／遠流出版事業股份有限公司

　　　　　臺北市南昌路二段81號6樓

　　　　　郵撥／0189456-1　電話／2392-6899

　　　　　傳眞／2392-6658

香港發行／遠流（香港）出版公司

　　　　　香港北角英皇道310號雲華大廈4樓505室

　　　　　電話／2508-9048　傳眞／2503-3258

　　　　　香港售價／港幣66元

法律顧問／王秀哲律師・董安丹律師

著作權顧問／蕭雄淋律師

2000年3月1日　初版一刷

2005年1月1日　初版二刷

行政院新聞局局版臺業字第1295號

新台幣售價200元　（缺頁或破損的書，請寄回更換）

YL*ib* 遠流博識網

http://www.ylib.com　　　　　E-mail:ylib@ylib.com

《獻辭》

　　我們一同將這套叢書獻給台灣的原住民同胞，感謝他們帶給世人無比豐厚的感動。

　　我們也將這套叢書獻給李壬癸先生，感謝他帶領我們走進台灣原住民語言的天地，讓我們懂得怎樣去領受這份豐厚的感動。這套叢書同時也作爲一份獻禮，恭祝李先生六十歲的華誕。

何大安　吳靜蘭　林英津　張永利　張秀絹
張郇慧　黃美金　楊秀芳　葉美利　齊莉莎

一同敬獻
中華民國 88 年 11 月 12 日

《台灣南島語言》序

　　她的美麗，大家都知道；所以人人稱她「福爾摩莎」。美麗的事物，應當珍惜；所以作者們合寫了這一套叢書。

　　聲音之中，母親的言語最美麗。這套叢書，正是為維護台灣原住民的母語而寫的。解嚴以後，台灣語言生態的維護與重建，受到普遍的重視；母語教學的活動，也相繼熱烈的展開。教育部顧問室於是在民國 84 年，委託國立台灣師範大學英語系的黃美金教授規劃一部教材，以作為與維護台灣原住民母語有關的教學活動的基礎參考資料。黃教授組織了一支高水準的工作隊伍，經過多年的努力，終於完成了這項開創性的工作。

　　台灣原住民的語言雖然很多，但是都屬於一個地理分布非常廣大的語言家族，我們稱為「南島語族」。從比較語言學的觀點來說，台灣南島語甚至是整個南島語中最具存古特徵、也因此是最足珍貴的一些語言。然而儘管語言學家對台灣南島語的研究持續不斷，他們研究的多半是專門的問題，發表的成果也多半以外文為之，同時研究的深度也各個語言不一；因此都不適合直接用於母語教學。這套叢書的編寫，等於是一個全新的開始：作者們親自調查

語言、親自分析語言；也因此提出了一個全新的呈現：一致的體例、相同的深度。這在台灣原住民語言的研究和維護上，是一項創舉。

現在我把這套叢書的作者和他們各自撰寫的語言專書列在下面，向他們致上敬意與謝意：

黃美金教授	泰雅語、卑南語、邵語
林英津教授	巴則海語
張郇慧教授	雅美語
齊莉莎教授	鄒語、魯凱語、布農語
張永利教授	噶瑪蘭語、賽德克語
葉美利教授	賽夏語
張秀絹教授	排灣語
吳靜蘭教授	阿美語

也謝謝他們的好意，讓我與楊秀芳教授有攀附驥尾的榮幸，合寫這套叢書的「導論」。我同時也要感謝支持這項規劃案的教育部顧問室陳文村主任，以及協助出版的遠流出版公司。台灣原住民的語言，不止上面所列的那些；母語維護的工作，也不僅僅是出版一套叢書而已。不過，涓滴可以匯成大海。只要有心，只要不間斷的努力，她的美麗，終將亙古如新。

何大安　謹序
教育部諮議委員
中央研究院研究員
民國 88 年 11 月 12 日

語言、知識與原住民文化

研究語言的學者大都同意：南島語言是世界上分佈最廣的語族，而台灣原住民各族的族語則保留了南島語最古老的形式，它是台灣最寶貴的文化資產。

然而由於種種歷史因果的影響，十九世紀末，廣泛的平埔族各族語言，因長期漢化的緣故，逐漸喪失了活力；而花蓮、台東一帶，以及中央山脈兩側所謂的原住民九族地區，近百年來，則由於日本及國府國族中心主義之有效統治，在社會、經濟、文化、風俗習慣、生活方式乃至主體意識等各方面都發生了前所未有的結構性改變，原住民各族的語言生態，因而遭到嚴重的破壞。事隔一百年，台灣原住民各族似乎也面臨了重蹈平埔族覆轍之命運，喑啞而漸次失語。

語言的斷裂不只關涉到文化存續的問題，還侵蝕了原住民的主體世界。祖孫無法交談，家族的記憶和情感紐帶難以銜接；主體無能以族語說話，民族的認同失去了強而有力的憑藉。語言的失落，事實上也是一個民族的失落，他失去了他存有的安宅。除非清楚地認識這一點，我們無法真正地瞭解當代原住民精神世界苦難的本質。

四百年來，對台灣原住民語言的記錄和研究並不完全是空白的。荷蘭時代和歷代熱心傳教的基督教士，爲我們留下了斷斷續續的線索。他們創制了拼音文字，翻譯族語聖經，記錄了原住民的歌謠。日據時代，更有大量的人類學田野記錄，將原住民的神話傳說、文化風習保存了下來。然而後來關鍵的這五十年，由於特殊的政治和歷史環境，台灣的學術界從未將目光投注到這些片段的文獻上，不但沒有持續進行記錄的工作，甚至將前人的研究束諸高閣，連消化的興趣都沒有。李壬癸教授多年前形容自己在南島語言研究的旅途上，是孤單寂寞，是千山我獨行；這種心情，常讓我聯想到自己民族的黃昏處境，寂寥空漠、錐心不已。

所幸民國六十年代起，台灣本土化意識漸成主流，原住民議題浮上歷史抬面，有關原住民的學術研究也成爲一種新的風潮。我們是否可以因而樂觀地說：「原住民學已經確立了呢？」我認爲要回答這個提問，至少必須先解決三個問題：

第一， 前代文獻的校讎、研究與消化。過去零星的資料和日據時代田野工作的成果，基礎不一、良莠不齊，需要我們以新的方法、眼光和技術，進行校勘、批判和融會。

第二， 對種種意識型態的敏感度及其超越。民國六十年代以來，台灣原住民文化、歷史的研究頗爲蓬勃。原

住民知識體系的建構,隨著台灣的政治意識型態的發展,也形成了若干知識興趣。先是「政治正確」的知識,舉凡符合各自政治立場的原住民文化、歷史論述,即成為原住民知識。其次是「本土正確」的知識,以本土性作為知識建構的前提或合法性基礎的原住民知識。最後是「身份正確」的知識,越來越多的原住民作者以第一人稱的身份發言,並以此宣稱其知識的確實性。這三種知識所撐開的原住民知識系統,各有其票面價值,但對「原住民學」的建立是相當有害的。我們必須保持對這些知識陷阱的敏感度並加以超越。

第三, 原住民經典的彙集。過去原住民知識之所以無法累積,主要是因為原典沒有確立。典範不在,知識的建構便沒有源頭,既無法返本開新,也難以萬流歸宗。如何將原住民的祭典文學、神話傳說、禮儀制度以及部落歷史等等刪訂集結,實在關係著原住民知識傳統的建立。

不過,除了第二點有關意識型態的問題外,第一、三點都密切地關聯到語言的問題。文獻的校勘、注釋、翻譯和原住民經典的整理彙編,都歸結到各族語言的處理。這當中有拼音文字之確定問題,有各族語言音韻特徵或規律之掌握問題,更有詞彙結構、句法結構的解析問題;充分把握各族的語言,上述兩點的工作才可能有堅實的學術基礎。學術挺立,總總意識型態的糾纏便可以有客觀、公開的評斷。

　　基於這樣的理解，我認為《台灣南島語言》叢書的刊行，標誌著一個新的里程碑，它不但可以有效地協助保存原住民各族的語言，也可以促使整個南島語言的研究持續邁進，並讓原住民的文化或所謂原住民學提昇到嚴密的學術殿堂。以此為基礎，我相信我們還可以進一步編訂各族更詳盡的辭典，並發展出一套有用的族語教材，為原住民語言生態的復振，提供積極的條件。

　　沒有任何人有權力消滅或放棄一個語言，每一族母語都是祖先的恩賜。身為原住民的一份子，面對自己語言的殘破狀況，雖說棋局已殘，但依舊壯心不已。對所有本叢書的撰寫人，以及不計盈虧的出版家，恭敬行禮，感佩至深。

孫大川　謹序

行政院原住民委員會副主任委員

民國 89 年 2 月 3 日

目　錄

圖 表 目 錄

語音符號對照表

下表為本套叢書各書中所採用的語音符號，及其相對的國際音標、國語注音符號對照表：

	本叢書採用之符號	國際音標	相對國語注音符號	發 音 解 說	特別出處示例
元音	i	i	ㄧ	高前元音	
	ㄜ	ㄜ	ㄜ	高央元音	鄒語
	u	u	ㄨ	高後元音	
	e	e	ㄝ	中前元音	
	oe	œ		中前元音	賽夏語
	e	ə	ㄜ	中央元音	
	o	o	ㄛ	中後元音	
	ae	æ		低前元音	賽夏語
	a	a	ㄚ	低央元音	
輔音	p	p	ㄅ	雙唇不送氣清塞音	
	t	t	ㄉ	舌尖不送氣清塞音	
	c	ts	ㄗ	舌尖不送氣清塞擦音	泰雅語
	T	ʈ		捲舌不送氣清塞音	卑南語
	t́	c		硬顎清塞音	叢書導論
	tj				排灣語
	k	k	ㄍ	舌根不送氣清塞音	
	q	q		小舌不送氣清塞音	泰雅語
	’	ʔ		喉塞音	泰雅語
	b	b		雙唇濁塞音	賽德克語
		ɓ		雙唇濁前帶喉塞音	鄒語

	本叢書採用之符號	國際音標	相對國語注音符號	發 音 解 說	特別出處示例
輔	d	d		舌尖濁塞音	賽德克語
		ɗ		舌尖濁前帶喉塞音	鄒語
	D	ɖ		捲舌濁塞音	卑南語
	ď	ɟ		硬顎濁塞音	叢書導論
	dj				排灣語
	g	g		舌根濁塞音	賽德克語
	f	f	ㄈ	唇齒清擦音	鄒語
	th	θ		齒間清擦音	魯凱語
	s	s	ㄙ	舌尖清擦音	泰雅語
	S	ʃ		齦顎清擦音	邵語
	x	x	ㄏ	舌根清擦音	泰雅語
	h	χ		小舌清擦音	布農語
	h	h	ㄏ	喉清擦音	鄒語
	b	β		雙唇濁擦音	泰雅語
	v	v		唇齒濁擦音	排灣語
	z	ð		齒間濁擦音	魯凱語
		z		舌尖濁擦音	排灣語
	g	ɣ		舌根濁擦音	泰雅語
	R	ʁ		小舌濁擦音	噶瑪蘭語
	m	m	ㄇ	雙唇鼻音	泰雅語
	n	n	ㄋ	舌尖鼻音	泰雅語
音	ng	ŋ	ㄥ	舌根鼻音	泰雅語
	d				阿美語
	l	ɬ		舌尖清邊音	魯凱語
	L				邵語
	l	l	ㄌ	舌尖濁邊音	泰雅語
	L	ɭ		捲舌濁邊音	卑南語

	本叢書採用之符號	國際音標	相對國語注音符號	發 音 解 說	特別出處示例
輔音	ʎ	ʎ		硬顎邊音	叢書導論
	lj				排灣語
	r	r		舌尖顫音	阿美語
		ɾ		舌尖閃音	噶瑪蘭語
	w	w	ㄨ	雙唇滑音	阿美語
	y	j	一	硬顎滑音	阿美語

南島語與台灣南島語

何大安　楊秀芳

一、南島語的分布

　　台灣原住民的語言，屬於一個分布廣大的語言家族：
「南島語族」。這個語族西自非洲東南的馬達加斯加，東
到南美洲西方外海的復活島；北起台灣，南抵紐西蘭；橫
跨了印度洋和太平洋。在這個範圍之內大部分島嶼—新幾
內亞中部山地的巴布亞新幾內亞除外—的原住民的語言，
都來自同一個南島語族。地圖 1（附於本章參考書目後）
顯示了南島語族的地理分布。

　　南島語族中有多少語言，現在還很不容易回答。這是
因爲一方面語言和方言難以分別，一方面也還有一些地區
的語言缺乏記錄。不過保守地說有 500 種以上的語言、使
用的人約兩億，大概是學者們所能同意的。

　　南島語是世界上分布最廣的語族，佔有了地球大半的
洋面地區。那麼南島語的原始居民又是如何、以及經過了

多少階段的遷徙，才成爲今天這樣的分布狀態呢？

　　根據考古學的推測，大約從公元前 4,000 年開始，南島民族以台灣爲起點，經由航海，向南遷徙。他們先到菲律賓群島。大約在公元前 3,000 年前後，從菲律賓遷到婆羅洲。遷徙的隊伍在公元前 2,500 年左右分成東西兩路。西路在公元前 2,000 年和公元前 1,000 年之間先後擴及於沙勞越、爪哇、蘇門答臘、馬來半島等地，大約在公元前後橫越了印度洋到達馬達加斯加。東路在公元前 2,000 年之後的一千多年當中，陸續在西里伯、新幾內亞、關島、美拉尼西亞等地蕃衍生息，然後在公元前 200 年進入密克羅尼西亞、公元 300 年到 400 年之間擴散到夏威夷群島和整個南太平洋，最終在公元 800 年時到達最南端的紐西蘭。從最北的台灣到最南的紐西蘭，這一趟移民之旅，走了 4,800 年。

　　台灣是否就是南島民族的起源地，這也是個還有爭論的問題。考古學的證據指出，公元前 4,000 年台灣和大陸東南沿海屬於同一個考古文化圈，而且這個考古文化和今天台灣的原住民文化一脈相承沒有斷層，顯示台灣原住民居住台灣的時間之早、之久，也暗示了南島民族源自大陸東南沿海的可能。台灣爲南島民族最早的擴散地，本章第三節會從語言學的觀點加以說明。但是由於大陸東南沿海並沒有南島語的遺跡可循，這個地區作爲南島民族起源地的說法，目前卻苦無有力的語言學證據。

　　何以能說這麼廣大地區的語言屬於同一個語言家族呢？確認語言的親屬關係，最重要的方法，就是找出有音韻和語義對應關係的同源詞。我們可以拿台灣原住民的排灣語、菲律賓的塔加洛語、和南太平洋斐濟共和國的斐濟語為例，來說明同源詞的比較方法。表 0.1 是這幾個語言部份同源詞的清單。

表 0.1 排灣語、塔加洛語、斐濟語同源詞表

	原始南島語	排 灣 語	塔加洛語	斐 濟 語	語 義
1	*dalan	ḍalan	daán	sala	路
2	*ḍamaɦ	ka-ḍama-ḍama-n	damag	ra-rama	火炬；光
3	*ḍanau	ḍanaw	danaw	nrano	湖
4	*jataɦ	ka-daḍa-n	latag	nrata	平的
5	*ḍusa	ḍusa	da-lawá	rua	二
6	*-inaɦ	k-ina	ina	t-ina	母親
7	*kan	k-əm-an	kain	kan-a	吃
8	*kagac	k-əm-ac	k-ag-at	kat-ia	咬
9	*kaśuy	kasiw	kahoy	kaðu	樹；柴
10	*vəlaq	vəlaq	bila	mbola	撕開
11	*qudaĺ	qudaĺ	ulán	uða	雨
12	*təbus	təvus	tubo	ndovu	甘蔗
13	*ṭalis	calis	taali?	tali	線；繩索
14	*tuduq	ṭ-aĺ-uduq-an	túro?	vaka-tusa	指；手指

15	*unəm	unəm	ʔa-nʔom	ono	六
16	*walu	alu	walo	walu	八
17	*maca	maca	mata	mata	眼睛
18	*daga[]¹	ɗaq	dugoʔ	nraa	血
19	*baquɦ	vaqu-an	báago	vou	新的

　　表 0.1 中的 19 個詞，三種語言固然語義接近，音韻形式也在相似中帶有規則性。例如「原始南島語」的一個輔音*t ，三種語言在所有帶這個音的詞彙中「反映」都一樣是「t：t：t」（如例 12 '甘蔗'、 14 '指；手指'）；「原始南島語」的一個輔音*c，三種語言在所有帶這個音的詞彙中反映都一樣是「c：t：t」（如 8 '咬'、17 '眼睛'）。這就構成了同源詞的規則的對應。如果語言之間有規則的對應相當的多，或者至少多到足以使人相信不是巧合，那麼就可以判定這些語言來自同一個語言家族。

　　絕大多數的南島民族都沒有創製代表自己語言的文字。印尼加里曼丹東部的古戴、和西爪哇的多羅摩曾出土公元 400 年左右的石碑，不過上面所鐫刻的卻是梵文。在蘇門答臘的巨港、邦加島、占卑附近出土的四塊立於公元683 年至 686 年的碑銘，則使用南印度的跋羅婆字母。這些是僅見的早期南島民族的碑文。碑文顯示的語詞和現代馬來語、印尼語接近，但也有大量的梵文借詞，可見兩種

---

¹ 在本叢書導論中凡有[]標記者，乃指該字音位不明確。

文化接觸之早。現在南島民族普遍使用羅馬拼音文字，則是 16、17 世紀以後西方傳教士東來後所帶來的影響。沒有自己的文字，歷史便難以記錄。因此南島民族的早期歷史，只有靠考古學、人類學、語言學的方法，才能作部份的復原。表 0.1 中的「原始南島語」，就是出於語言學家的構擬。

二、南島語的語言學特徵

南島語有許多重要的語言學特徵，我們分音韻、構詞、句法三方面各舉一兩個顯著例子來說明。首先來看音韻。

觀察表 0.1 的那些同源詞，我們就可以發現：南島語是一個沒有聲調的多音節語言。當然，這句話不能說得太滿，例如新幾內亞的加本語就發展出了聲調。不過絕大多數的南島語大概都具有這項共同特點，而這是與我們所說的國語、閩南語、客語等漢語不一樣的。

許多南島語以輕重音區別一個詞當中不同的音節。這種輕重音的分布，或者是有規則的，例如排灣語的主要重音都出現在一個詞的倒數第二個音節，因而可以從拼寫法上省去；或者是不盡規則的，例如塔加洛語，拼寫上就必須加以註明。

詞當中的音節組成，如果以 C 代表輔音、V 代表元

音的話，大體都是 CV 或是 CVC。同一個音節中有成串輔音群的很少。台灣的鄒語是一個有成串輔音群的語言，不過該語言的輔音群卻可能是元音丟失後的結果。另外有一些南島語有「鼻音增生」的現象，並因此產生了帶鼻音的輔音群；這當然也是一種次生的輔音群。

大部分南島語言都只有 i、u、ə、a 四個元音和 ay、aw 等複元音。多於這四個元音的語言，所多出來的元音，多半也是演變的結果，或者是可預測的。除了一些台灣南島語之外，大部分南島語言的輔音，無論是數目上或是發音的部位或方法上，也都常見而簡單。有些台灣南島語有特殊的捲舌音、顎化音；而泰雅、排灣的小舌音 q，或是阿美語的咽壁音ʔ，更不容易在台灣以外的南島語中聽到。當輔音、元音相結合時，南島語和其他語言一樣，會有種種的變化。這些現象不勝枚舉，我們就不多加介紹。

其次來看構詞的特點。表 0.1 若干同源詞的拼寫方式告訴我們：南島語有像 ka-、ʔa-這樣的前綴、有-an、-a 這樣的後綴、以及有像-al-、-əm-這樣的中綴。前綴、後綴、中綴統稱「詞綴」。以詞綴來造新詞或是表現一個詞的曲折變化，稱作加綴法。加綴法，是許多語言普遍採行的構詞法。像國語加「兒」、「子」、閩南語加「a」表示小稱，或是客語加「兜」表示複數，也是一種後綴附加。不過南島語有下面所舉的多層次附加，卻不是國語、閩南語、客語所有的。

比方台灣的卡那卡那富語有 puacacaunukankiai 這個詞，意思是'（他）讓人走來走去'。這個詞的構成過程如下。首先，卡那卡那富語有一個語義為'路'的「詞根」ca，附加了衍生動詞的成份 u 之後的 u-ca 就成了動詞'走路'。u-ca 經過一次重疊成為 u-ca-ca，表示'一直走、不停的走、走來走去'；u-ca-ca 再加上表示'允許'的兩個詞綴 p-和-a-，就成了一個動詞'讓人走來走去'的基本形式 p-u-a-ca-ca。這個基本形式稱為動詞的「詞幹」。詞幹是動詞時態或情貌等曲折變化的基礎。p-u-a-ca-ca 加上後綴-unu，表示動作的'非完成貌'，完成了動詞的曲折變化。非完成貌的曲折形式 p-u-a-ca-ca-unu-再加上表示帶有副詞性質的'直述'語氣的-kan 和表示人稱成份的'第三人稱動作者'的-kiai 之後，就成了 p-u-a-ca-ca-unu-kan-kiai'（他）讓人走來走去'這個完整的詞。請注意，卡那卡那富語'路'的「詞根」ca 和表 0.1 的'路'同根，讀者可以自行比較。

在上面那個例子的衍生過程中，我們還看到了另一種構詞的方式，就是重疊法。南島語常常用重疊來表示體積的微小、數量的眾多、動作的反復或持續進行，甚至還可以重疊人名以表示死者。相較之下，漢語中常見的複合法在南島語中所佔的比重不大。值得一提的是太平洋地區的「大洋語」中，有一種及物動詞與直接賓語結合的「動賓」複合過程，頗為普遍。例如斐濟語中 an-i a dalo 是'吃芋

頭'的意思，是一個動賓詞組，可以分析為[[an-i][a dalo]]；
an-a dalo 也是'吃芋頭'，但卻是一個動賓複合詞，必須
分析為[an-a-dalo]。動賓詞組和動賓複合詞的結構不同。
動賓詞組中動詞 an-i 的及物後綴-i 和賓語前的格位標記 a
都保持的很完整，體現一般動詞組的標準形式；而動賓複
合詞卻直接以賓語替代了及物後綴，明顯的簡化了。

　　南島語句法上最重要的特徵是「焦點系統」的運作。
焦點系統是南島語獨有的句法特徵，保存這項特徵最完整
的，則屬台灣南島語。下面舉四個排灣語的句子來作說明。

1. q-əm-aɬup　　　　a mamazaŋiljan ta vavuy i gadu
   [打獵-em-打獵　a 頭目　　　　　ta 山豬　i 山上]
   '「頭目」在山上獵山豬'

2. qaɬup-ən na　　mamazaŋiljan a vavuy i gadu
   [打獵-en na　　頭目　　　　　a 山豬　i 山上]
   '頭目在山上獵的是「山豬」'

3. qa-qaɬup-an　　　na　mamazaŋiljan ta vavuy a gadu
   [重疊-打獵-an　　na　頭目　　　　　ta 山豬　a 山上]
   '頭目獵山豬的（地方）是「山上」'

4. si-qaɬup na　mamazaŋiljan ta　vavuy a vaɬuq
   [si-打獵 na　頭目　　　　　ta　山豬　a 長矛]
   '頭目獵山豬的（工具）是「長矛」'

　　這四個句子的意思都差不多，不過訊息的「焦點」不
同。各句的焦點，依次分別是：「主事者」的頭目、「受事

者」的山豬、「處所」的山上、和「工具」的長矛；四個
句子因此也就依次稱爲「主事焦點」句、「受事焦點」句、
「處所焦點」句、和「工具焦點（或稱指示焦點）」句。
讀者一定已經發現，當句子的焦點不同時，動詞「打獵」
的構詞形態也不同。歸納起來，動詞（表 0.2 用 V 表示
動詞的詞幹）的焦點變化就有表 0.2 那樣的規則：

表 0.2 排灣語動詞焦點變化

主 事 焦 點		V-əm-	
受 事 焦 點			V-ən
處 所 焦 點			V-an
工 具 焦 點	si-V		

　　除了表 0.2 的動詞曲折變化之外，句子當中作爲焦
點的名詞之前，都帶有一個引領主語的格位標記 a，顯示
這個焦點名詞就是這一句的主語。主事焦點句的主語就是
主事者本身，其他三種焦點句的主語都不是主事者；這個
時候主事者之前一律由表示領屬的格位標記 na 引領。由
於有這樣的分別，因此四種焦點句也可以進一步分成「主
事焦點」和「非主事焦點」兩類。照這樣看起來，「焦點
系統」的運作不但需要動詞作曲折變化，而且還牽涉到焦
點名詞與動詞變化之間的呼應，過程相當複雜。

　　以上所舉排灣語的例子，可以視爲「焦點系統」的代
表範例。許多南島語，尤其是台灣和菲律賓以外的南島語，
「焦點系統」都發生了或多或少的變化。有的甚至在類型

上都從四分的「焦點系統」轉變為二分的「主動/被動系統」。這一點本章第三節還會說明。像台灣的魯凱語，就是一個沒有「焦點系統」的語言。

句法特徵上還可以注意的是「詞序」。漢語中「狗咬貓」、「貓咬狗」意思的不同，是由漢語的「詞序」固定為「主語-動詞-賓語」所決定的。比較起來，南島語的詞序大多都是「動詞-主語-賓語」或「動詞-賓語-主語」，排灣語的四個句子可以作為例證。由於動詞和主語之間有形態的呼應，不會弄錯，所以主語的位置或前或後，沒有什麼不同。但是動詞居前，則是大部分南島語的通例。

三、台灣南島語的地位

台灣南島語是無比珍貴的，許多早期的南島語的特徵，只有在台灣南島語當中才看得到。這裡就音韻、句法各舉一個例子。

首先請比較表 0.1 當中三種南島語的同源詞。我們會發現有兩點值得注意。第一，斐濟語每一個詞都以元音收尾。排灣語、塔加洛語所有的輔音尾，斐濟語都丟掉了。其實塔加洛語也因為個別輔音的弱化，如*q＞ʔ、ø 或是*s＞ʔ、ø，也簡省或丟失了一些輔音尾。但是排灣語的輔音尾卻保持的很完整。第二，塔加洛語、斐濟語的輔音比排

灣語為少。許多原始南島語中不同的輔音,排灣語仍保留
區別,但是塔加洛語、斐濟語卻混而不分了。我們挑選「*c:
*t」、「*ĺ:*n」兩組對比製成表 0.3 來觀察,就可以看到
塔加洛語和斐濟語把原始南島語的*c、*t 混合為 t,把*ĺ、
*n 混合為 n。

表 0.3 原始南島語*c、*t 的反映

原始南島語	排灣語	塔加洛語	斐濟語	表 0.1 中的同源詞例
*c	c	t	t	8 '咬'、17 '眼睛'
*t	t́	t	t	12 '甘蔗'、 14 '指'
*ĺ	ĺ	n	(n,字尾丟失)	11 '雨'
*n	n	n	n	3 '湖'、7 '吃'

我們認為,這兩點正可以說明台灣南島語要比台灣以
外的南島語來得古老。因為原來沒有輔音尾的音節怎麼可
能生出各種不同的輔音尾?原來沒有分別的 t 和 n 怎麼可
能分裂出 c 和 ĺ?條件是什麼?假如我們找不出合理的條
件解釋生出和分裂的由簡入繁的道理,那麼就必須承認:
輔音尾、以及「*c:*t」、「*ĺ:*n」的區別,是原始南島
語固有的,台灣以外的南島語將之合併、簡化了。

其次再從焦點系統的演化來看台灣南島語在句法上的
存古特性。太平洋的斐濟語有一個句法上的特點,就是及
物動詞要加後綴,並且還分「近指」、「遠指」。近指後綴
是-i,如果主事者是第三人稱單數則是-a。遠指後綴是-aki,
早期形式是*aken。何以及物動詞要加後綴,是一個有趣

的問題。

　　馬來語在形式上分別一個動詞的「主動」和「被動」。主動加前綴 meN-，被動加前綴 di-。meN-中大寫的 N，代表與詞幹第一個輔音位置相同的鼻音。同時不分主動、被動，如果所接的賓語具有「處所」的格位，動詞詞幹要加-i 後綴；如果所接的賓語具有「工具」的格位，動詞詞幹要加-kan 後綴。何以會有這些形式上的分別，也頗令人玩味。

　　菲律賓的薩馬力諾語沒有動詞詞幹上明顯的主動和被動的分別，但是如果賓語帶有「受事」、「處所」、「工具」的格位，在被動式中動詞就要分別接上-a、-i、和-ʔi 的後綴，在主動式中則不必。為什麼被動式要加後綴而主動式不必、又為什麼後綴的分別恰好是這三種格位，也都值得一再追問。

　　斐濟、馬來、薩馬力諾都沒有焦點系統的「動詞曲折」與「格位呼應」。但是如果把它們上述的表現方式和排灣語的焦點系統擺在一起—也就是表 0.4—來看，這些表現法的來龍去脈也就一目瞭然。

表 0.4 焦點系統的演化

焦點類型	排灣語 動詞詞綴	格位標記 主格	受格	處所格	工具格	薩馬力諾語 主動	薩馬力諾語 被動	馬來語 主動	馬來語 被動	斐濟語 主動
主事焦點	-əm-	a	ta	i	ta	-ø		meN-		-ø
受事焦點	-ən	na	a	i	ta		直接被動 -a		di-	
處所焦點	-an	na	ta	a	ta		處所被動 -i	及物 -i	及物 -i	及物近指 -i/-a
工具焦點	si-	na	ta	i	a		工具被動 -ʔi	及物 -kan	及物 -kan	及物遠指 -aki (<*aken)

孤立地看，薩馬力諾語為什麼要區別三種「被動」，很難理解。但是上文曾經指出：排灣語的四種焦點句原可分成「主事焦點」和「非主事焦點」兩類，「非主事焦點」包含「受事」、「處所」、「工具」三種焦點句。兩相比較，我們立刻發現：薩馬力諾語的三種「被動」，正好對應排灣語的三種「非主事焦點」；三種「被動」的後綴與排灣語格位標記的淵源關係也呼之欲出。馬來語一個動詞有不同的主動前綴和被動前綴，因此是比薩馬力諾語更能明顯表

現主動／被動的語法範疇的語言。很顯然，馬來語的及物後綴與薩馬力諾語被動句的後綴有相近的來源。斐濟語在「焦點」或「主動／被動」的形式上，無疑是大為簡化了；格位標記的功能也發生了轉變。但是疆界雖泯，遺跡猶存。斐濟語一定是在薩馬力諾語、馬來語的基礎上繼續演化的結果；她的及物動詞所以要加後綴、以及所加恰好不是其他的形式，實在其來有自。

　　表 0.4 反映的演化方向，一定是：「焦點」＞「主動／被動」＞「及物／不及物」。因為許多語法特徵只能因併繁而趨簡，卻無法反其道無中生有。這個道理，在上文談音韻現象時已經說明過了。因此「焦點系統」是南島語的早期特徵。台灣南島語之具有「焦點系統」，是一種語言學上的「存古」，顯示台灣南島語之古老。

　　由於台灣南島語保存了早期南島語的特徵，她在整個南島語中地位的重要，也就不言可喻。事實上幾乎所有的南島語學者都同意：台灣南島語在南島語的族譜排行上，位置最高，最接近始祖—也就是「原始南島語」。有爭議的只是：台灣的南島語言究竟整個是一個分支，還是應該分成幾個平行的分支。主張台灣的南島語言整個是一個分支的，可以稱為「台灣語假說」。這個假說認為，所有在台灣的南島語言都是來自一個相同的祖先：「原始台灣語」。原始台灣語與菲律賓、馬來、印尼等語言又來自同一個「原始西部語」。原始西部語，則是原始南島語的兩

大分支之一;在這以東的太平洋地區的語言,則是另一分支。這個假說,並沒有正確的表現出台灣南島語的存古特質,同時也過分簡單地認定台灣南島語只有一個來源。

替語言族譜排序,語言學家稱爲「分群」。分群最重要的標準,是有沒有語言上的「創新」。一群有共同創新的語言,來自一個共同的祖先,形成一個家族中的分支;反之則否。我們在上文屢次提到台灣南島語的特質,乃是「存古」,而非創新。在另一方面,「台灣語假說」所提出的證據,如「*ś或*h 音換位」或一些同源詞,不是反被證明爲台灣以外語言的創新,就是存有爭議。因此「台灣語假說」是否能夠成立,深受學者質疑。

現在我們逐漸了解到,台灣地區的原住民社會,並不是一次移民就形成的。台灣的南島語言也有不同的時間層次。但是由於共處一地的時間已經很長,彼此的接觸也不可避免的形成了一些共通的相似處。當然,這種因接觸而產生的共通點,性質上是和語言發生學上的共同創新完全不同的。

比較謹慎的看法認爲:台灣地區的南島語,本來就屬不同的分支,各自都來自原始南島語;反而是台灣以外的南島語都有上文所舉的音韻或句法上各種「簡化」的創新,應該合成一支。台灣地區的南島語,最少應該分成「泰雅群」、「鄒群」、「排灣群」三支,而台灣以外的一大支則稱爲「馬玻語支」。依據這種主張所畫出來的南島語的族譜,

就是圖 1。

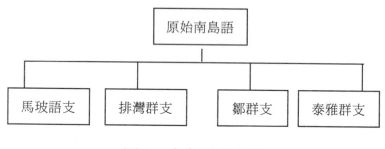

圖 1 南島語分群圖

　　與語族分支密切相關的一項課題，就是原始語言的復原。在台灣南島語的存古特質沒有被充分理解之前，原始南島語的復原，只能利用簡化後的語言的資料，其結果之缺乏解釋力可想而知。由於台灣南島語在保存早期特徵上的關鍵地位，利用台灣南島語建構出來的原始南島語的面貌，可信度就高的多。

　　我們認為：原始南島語是一個具有類似上文所介紹的「焦點系統」的語言，她有 i、u、ə、a 四個元音，和表 0.5 中的那些輔音。她的成詞形態，以及可復原的同源詞有表 0.6 中的那些。

表 0.5 原始南島語的輔音

		雙唇	舌尖	捲舌	舌面	舌根	小舌/喉
塞音	清	p	t	ʈ	t́	k	q
	濁	b	d	ɖ	d́		
塞擦音	清		c				
	濁		j				
擦音	清		s		ś	x	h
	濁		z		ź		ɦ
鼻音					ń	ŋ	
邊音			l		ĺ		
顫音			r				
滑音		w			y		

表 0.6 原始南島語同源詞

	語 義	原始南島語	原始泰雅群語	原始排灣語	原始鄒群語
1	above 上面	*babaw	*babaw	*vavaw	*-vavawu
2	alive 活的	*qujip		*pa-quzip	*-ʔ₂učípi
3*	ashes 灰	*qabu	*qabu-liq	*qavu	* (ʔ₂avuʔ₄u)
4**	back 背；背後	*likuj		*likuz	* (liku[cǐč])
5	bamboo 竹子	*qaug		*qau	*ʔ₁áúru
6*	bark, skin 皮	*kulic		*kulic	*kulíci
7*	bite 咬	*kagac	*k-um-agac	*k-əm-ac	*k₁-um-áracə

8*	blood 血	*daga[]	*daga?	*ɖaq	*cará?₁ə
9*	bone 骨頭	*cuqəlaɬ		*cuqəlaɬ	*cu?úlaɬə
10	bow 弓	*buɬug	*buhug		*vusúru
11*	breast 乳房	*zuzuh	*nunuh	*tutu	*θuθu
12**	child 小孩	*aɬak		*aɬak	*-aɬákə
13	dark, dim 暗	*jəmjəm		*zəmzəm	*čəməčəmə
14	die, kill 死；殺	*macay		*macay	*macáyi
				*pa-pacay	*pacáyi
15**	dig 挖	*kaliɦ	*kari?	*k-əm-ali	*ˊkaliɦi
16	dove, pigeon 鴿子	*punay		*punay	*punáyi
17*	ear 耳朵	*caliŋaɦ	*caŋira?	*caljŋa	*calíŋaɦa
18*	eat 吃	*kan	*kan	*k-əm-an	*k₁-um-ánə
19	eel 河鰻	*tuɬa	*tuɬa-qig	*tuɬa	
20	eight 八	*walu		*alu (不規則，應 為 valu)	*wálu
21	elbow 手肘	*śikuɦ	*hiku?	*śiku	
22	excrement 糞	*ţaqi	*quti?	*caqi	*tá?₃i
23*	eye 眼睛	*maca		*maca	*macá
24	face, forehead 臉；額頭	*daqis	*daqis	*ɖaqis	
25	fly 蒼蠅	*laŋaw	*raŋaw	*la-laŋaw	
26	farm, field 田	*qumaɦ		*quma	*?₂úmáɦa
27**	father 父親	*amaɦ		*k-ama	*ámaɦa

28*	fire 火	*śapuy	*hapuy	*sapuy	*apúžu
29**	five 五	*lima	*rima?	*lima	*líma
30**	flow, adrift 漂流	*qańud	*qaluic	*sə-qaluɖ	*-?₂añúču
31**	four 四	*səpat	*səpat	*səpaɬ	*Sə́pátə
32	gall 膽	*qapəɖu		*qapədu	*pa?₁azu
33*	give 給	*bəgay	*bəgay	*pa-vai	
34	heat 熱的	*jaŋjaŋ		*zaŋzaŋ	*čaŋəčaŋə
35*	horn 角	*təquŋ		*təquŋ	*su?₁úŋu
36	house 房子	*gumaq		*umaq	*rumá?₁ə
37	how many 多少	*pidafi	*piɡa?	*pida	*píafia
38*	I 我	*(a)ku	*-aku?	*ku-	*ᒼaku
39	lay mats 鋪蓆子	*sapag	*s-m-apag		*S-um-áparə
40	leak 漏	*tujiq	*tuduq	*t-əm-uzuq	*tučú?₂₃₄
41**	left 左	*wiri[]	*?iril	*ka-viri	*wírífii
42*	liver 肝	*qacay		*qacay	*?₁₄acayi
43*	(head)louse 頭蝨	*kucufi	*kucu?	*kucu	*kúcúfiu
44	moan 低吟	*jagiŋ		*z-əm-aiŋ	*-čaríŋi
45*	moon 月亮	*bulaɬ	*bural		*vuláɬə
46	mortar 臼	*luɬuŋ	*luhuŋ		*ɬusuŋu
47**	mother 母親	*-inafi		*k-ina	*inafia
48*	name 名字	*ŋaɖan		*ŋadan	*ŋázánə
49	needle 針	*dagum	*dagum	*ɖaum	
50*	new 新的	*baqufi		*vaqu-an	*va?₂órufiu

51	nine 九	*siwa		*siva	*θiwa
52*	one 一	*-ta		*ita	*cáni
53	pandanus 露兜樹	*paŋudań	*paŋdan	*paŋudaɬ	
54	peck 啄,喙	*tuktuk	*[ʔg]-um-atuk	*t-əm-uktuk	*-tukútúku
55*	person 人	*caw		*cawcaw	*cáw
56	pestle 杵	*qasəlufi	*qasəruʔ	*qasəlu	
57	point to 指	*tuduq	*tuduq	*t-aɬ-uɖuq-an	
58*	rain 雨	*qudaɬ		*quɖaɬ	*ʔ₂účaɬə
59	rat 田鼠	*labaw		*ku-lavaw	*laváwu
60	rattan 藤	*quay	*quway	*quway	*ʔ₃úáyi
61	raw 生的	*mataq	*mataq	*mataq	*mátaʔ₁ə
62	rice 稻	*paɖay	*paǵay	*paday	*pázáyi
63	(husked) rice 米	*bugaɬ	*buwax	*vat	* (vərasə)
64*	road 路	*dalan	*daran	*ɖalan	*čalánə
65	roast 烤	*culufi		*c-əm-ulu	*-cúɬufiu
66**	rope 繩子	*ṭalis		*calis	*talíSi
67	seaward 面海的	*lafiuj		*i-lauz	*-láfiúcu
68*	see 看	*kita	*kitaʔ		*-kíta
69	seek 尋找	*kigim		*k-əm-im	*k-um-írimi
70	seven 七	*pitu	*ma-pituʔ	*pitu	*pítu
71**	sew 縫	*ṭaqiś	*c-um-aqis	*c-əm-aqis	*t-um-áʔ₃iθi
72	shoot, arrow 射；箭	*panaq		*panaq	*-pánáʔ₂ə

73	six 六	*unəm		*unəm	*ənə́mə
74	sprout,grow 發芽；生長	*cəbuq		*c-əm-uvuq	*c-um-ə́vərə (不規則,應爲 c-um-ə́və?ə)
75	stomach 胃	*bicuka		*vicuka	*civúka
76*	stone 石頭	*batufi	*batu-nux (-?<-fi因接-nux 而省去)		*vátufiu
77	sugarcane 甘蔗	*təvus		*təvus	*tə́vəSə
78*	swim 游	*laŋuy	*l-um-aŋuy	*l-əm-aŋuy	*-laŋúžu
79	taboo 禁忌	*palisi		*palisi	*palíθI-ā (不規則,應爲 palíSi-ā)
80**	thin 薄的	*lisïipis	*hlipis		*łípisi
81*	this 這個	*(i)nifi	*ni		*inifii
82*	thou 你	*su	*?isu?	*su-	*Su
83	thread 線；穿線	*cisïug	*l-um-uhug	*c-əm-usu	*-cúuru
84**	three 三	*təlu	*təru?	*təlu	*túlu
85*	tree 樹	*kasïuy	*kahuy	*kasiw	*káiwu
86*	two 二	*ɖusa	*dusa?	*ɖusa	*řúSa
87	vein 筋；血管	*fiagac	*?ugac	*ruac	*fiurácə
88*	vomit 嘔吐	*mutaq	*mutaq	*mutaq	
89	wait 等	*taga[gfi]	*t-um-aga?		*t-um-átara

90**	wash 洗	*sinaw		*s-əm-ənaw	*-Sináwu
91*	water 水	*jaɬum		*zaɬum	*čaɬúmu
92*	we (inclusive)咱們	*ita	*ʔitaʔ		* (-ita)
93	weave 編織	*tinun	*t-um-inun	*t-əm-ənun	
94	weep 哭泣	*ʈaŋit	*laŋis, ŋilis	*c-əm-aŋit	*t-um-áɳisi
95	yawn 打呵欠	*-suab	*ma-suwab	*mə-suaw	

　　對於這裡所列的同源詞，我們願意再作兩點補充說明。第一，從內容上看，這些同源詞大體涵蓋了一個初民社會的各個方面，符合自然和常用的原則。各詞編號之後帶‘*’號的，屬於語言學家界定的一百基本詞彙；帶‘**’號的，屬兩百基本詞彙。帶‘*’號的，有 32 個，帶‘**’號的，有 15 個，總共是 47 個，佔了 95 同源詞的一半；可以說明這一點。進一步觀察這 95 個詞，我們可以看到「竹子、甘蔗、藤、露兜樹」等植物，「田鼠、河鰻、蒼蠅」等動物，有「稻、米、田、杵臼」等與稻作有關的文化，有「針、線、編織、鋪蓆子」等與紡織有關的器具與活動，有「弓、箭」可以禦敵行獵，有「一」到「九」的完整的數詞用以計數，並且有「面海」這樣的方位詞。但是另一方面，這裡沒有巨獸、喬木、舟船、颱風、地震、火山和魚類的名字。這些同源詞所反映出來的生態環境和文化特徵，在解答南島族起源地的問題上，無疑會提供相當大的助益。

　　第二，從數量上觀察，泰雅、排灣、鄒三群共有詞一

共 34 個，超過三分之一，肯定了三群的緊密關係。在剩下的61個兩群共有詞之中，排灣群與鄒群共有詞為39個；而排灣群與泰雅群共有詞為 12 個，鄒群與泰雅群共有詞為 10 個。這說明了三者之中，排灣群與鄒群比較接近，而泰雅群的獨立發展歷史比較長。

四、台灣南島語的分群

　　在以往的文獻之中，我們常將台灣原住民中的泰雅、布農、鄒、沙阿魯阿、卡那卡那富、魯凱、排灣、卑南、阿美和蘭嶼的達悟（雅美）等族稱為「高山族」，噶瑪蘭、凱達格蘭、道卡斯、賽夏、邵、巴則海、貓霧栜、巴玻拉、洪雅、西拉雅等族稱為「平埔族」。雖然用了地理上的名詞，這種分類的依據，其實是「漢化」的深淺。漢化深的是平埔族，淺的是高山族。「高山」、「平埔」之分並沒有語言學上的意義。唯一可說的是，平埔族由於漢化深，她們的語言也消失的快。大部分的平埔族語言，現在已經沒有人會說了。台灣南島語言的分布，請參看地圖 2（附於本章參考書目後）。

　　不過本章所提的「台灣南島語」，也只是一個籠統的說法，而且地理學的含意大過語言學。那是因為到目前為止，我們還找不出一種語言學的特徵是所有台灣地區的南

島語共有的，尤其是創新的特徵。即使就存古而論，第三節所舉的音韻和句法的特徵，就不乏若干例外。常見的情形是：某些語言共有一些存古或創新，另一些則共有其他的存古或創新，而且彼此常常交錯；依據不同的創新，可以串成結果互異的語言群。這種現象顯示：（一）台灣南島語不屬於一個單一的語群；（二）台灣的南島語彼此接觸、影響的程度很深；（三）根據「分歧地即起源地」的理論，台灣可能就是南島語的「原鄉」所在。

要是拿台灣南島語和「馬玻語支」來比較，我們倒可以立刻辨認出兩條極重要的音韻創新。這兩條音韻創新，就是第三節提到的原始南島語「*c：*t」、「*î：*n」在馬玻語支中的分別合併為「t」和「n」。從馬玻語言的普遍反映推論，這種合併可以用「*c＞*t」和「*î＞*n」的規律形式來表示。

拿這兩條演變規律來衡量台灣南島語，我們發現確實也有一些語言，如布農、噶瑪蘭、阿美、西拉雅，發生過同樣的變化；而且這種變化還有很明顯的蘊涵關係：即凡合併*n與*î的語言，也必定合併*t與*c。這種蘊涵關係，幫助我們確定兩種規律在同一群語言（布農、噶瑪蘭）中產生影響的先後。我們因此可以區別兩種演變階段：

表 0.7 兩種音韻創新的演變階段

階段	規律	影 響 語 言
I	*c＞*t	布農、噶瑪蘭、阿美、西拉雅
II	*í＞*n	布農、噶瑪蘭

其中*c＞*t 之先於*í＞*n，理由至爲明顯。因爲不這樣解釋的話，阿美、西拉雅也將出現*í＞*n 的痕跡，而這是與事實不符的。

　　由於原始南島語「*c：*t」、「*í：*n」的分別的獨特性，它們的合併所引起的結構改變，可以作爲分群創新的第一條標準。我們因此可將布農、噶瑪蘭、阿美、西拉雅爲一群，她們都有過*c＞*t 的變化。在布農、噶瑪蘭、阿美、西拉雅這群之中，布農、噶瑪蘭又發生了*í＞*n 的創新，而又自成一個新群。台灣以外的南島語都經歷過這兩階段的變化，也應當源自這個新群。

　　原始南島語中三類舌尖濁塞音、濁塞擦音*d、*ɖ、*j（包括*z）的區別，在大部分的馬玻語支語言中，也都起了變化，因此也一定是值得回過頭來觀察台灣南島語的參考標準。台灣南島語對這些音的或分或合，差異很大。歸納起來，有五種類型：

表 0.8 原始南島語中舌尖濁塞音、濁塞擦音之五種演變類型

類型	規律	影響語言
I	*d ≠ *ḍ ≠ *j	排灣、魯凱(霧台方言、茂林方言)、道卡斯、貓霧棟、巴玻拉
II	*d = *ḍ = *j	鄒、卡那卡那富、魯凱(萬山方言)、噶瑪蘭、邵
III	*ḍ = *j	沙阿魯阿、布農(郡社方言)、阿美(磯崎方言)
IV	*d = *j	卑南
V	*d = *ḍ	泰雅、賽夏、巴則海、布農(卓社方言)、阿美(台東方言)

　　這一組變化持續的時間可能很長，理由是一些相同語言的不同方言有不同類型的演變。假如這些演變發生在這些語言的早期，其所造成的結構上的差異，必然已經產生許多連帶的影響，使方言早已分化成不同的語言。像布農的兩種方言、阿美的兩種方言，至今並不覺得彼此不可互通，可見影響僅及於結構之淺層。道卡斯、貓霧棟、巴玻拉、洪雅、西拉雅等語的情形亦然。這些平埔族的語料記錄於 1930、1940 年代。雖然各有變異，受訪者均以同一語名相舉認，等於承認彼此可以互通。就上述這些語言而論，這一組變化發生的年代必定相當晚。同時由於各方言所採規律類型不同，似乎也顯示這些變化並非衍自內部單一的來源，而是不同外來因素個別影響的結果。

　　類型 II 蘊涵了類型 III、IV、V，就規律史的角度而言，年代最晚。歷史語言學的經驗也告訴我們，最大程度

的類型合併，往往反映了最大程度的語言的接觸與融合。
因此類型 III、IV、V 應當是這一組演變的最初三種原型，
而類型 II 則是在三種原型流佈之後的新融合。三種原型
孰先孰後，已不易考究。不過運用規律史的方法，三種舌
尖濁塞音、塞擦音的演變，可分成三個階段：

表 0.9 舌尖濁塞音、濁塞擦音演變之三個階段

階段	規律	影響語言
I	*d≠*ḍ≠*j	排灣、魯凱(霧台方言、茂林方言)、道卡斯、貓霧棟、巴玻拉
II	3. *ḍ= *j	沙阿魯阿、布農(郡社方言)、阿美(磯崎方言)·
	4. *d = *j	卑南
	5. *d = *ḍ	泰雅、賽夏、巴則海、布農(卓社方言)、阿美(台東方言)
III	2. *d = *ḍ= *j	鄒、卡那卡那富、魯凱(萬山方言)、噶瑪蘭、邵

　　不同的語言，甚至相同語言的不同方言，經歷的階
段並不一樣。有的仍保留三分，處在第一階段；有的已推
進到第三階段。第一階段只是存古，第三階段爲接觸的結
果，都不足以論斷語言的親疏。能作爲分群的創新依據的，
只有第二階段的三種規律。不過這三種規律的分群效力，
卻並不適用於布農和阿美。因爲布農和阿美進入這一階段
很晚，晚於各自成爲獨立語言之後。

　　運用相同的方法對台灣南島語的其他音韻演變作過

類似的分析之後，可以得出圖 2 這樣的分群結果：

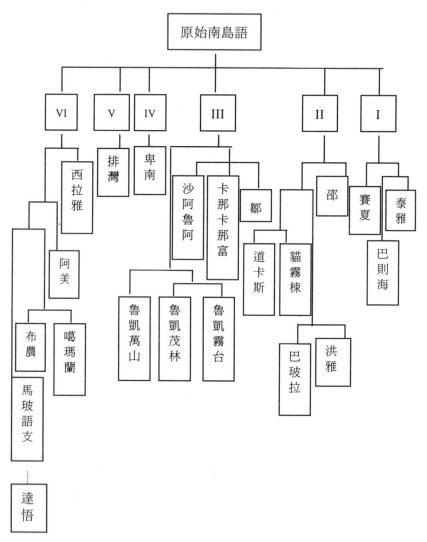

圖 2　台灣南島語分群圖

　　圖 2 比圖 1 的分群更為具體，顯示學者們對台灣南島語的認識日漸深入。不過仍有許多問題尚未解決。首先是六群之間是否還有合併的可能，其次是定為一群的次群之間的層序關係是否需要再作調整。因為有這些問題還沒有解決，圖 2 仍然只是一個暫時性的主張，也因此我們不對六群命名，以為將來的修正，預作保留。

五、小結

　　台灣原住民所說的，是來自一個分布廣大的語言家族中最為古老的語言。這些語言，無論在語言的演化史上、或在語言的類型學上，都是無比的珍貴。但是這些語言的處境，卻和台灣許多珍貴的物種一樣，正在快速的消失之中。我們應該為不知珍惜這些可寶貴的資產，而感到羞慚。如果了解到維持物種多樣性的重要，我們就同樣不能坐視語言生態的日漸凋敝。這一套叢書的作者們，在各自負責的專書裡，對台灣南島語的語言現象，作了充分而詳盡的描述。如果他們的努力和熱忱，能夠引起大家的重視和投入，那麼作為台灣語言生態重建的一小步，終將積跬致遠，芳華載途。請讓我們一同期待。

叢書導論之參考書目

何大安

　　1999　《南島語概論》。待刊稿。

李壬癸

　　1997a　《台灣南島民族的族群與遷徙》。台北：常民
　　　　　　文化公司。

　　1997b　《台灣平埔族的歷史與互動》。台北：常民文
　　　　　　化公司。

Blust, Robert (白樂思)

　　1977　The Proto-Austronesian pronouns and
　　　　　Austronesian subgrouping: a preliminary report.
　　　　　Working Papers in Linguistics 9.2: 1-15.
　　　　　Honolulu: University of Hawaii.

Li, Paul Jen-kuei (李壬癸)

　　1981　Reconstruction of Proto-Atayalic phonology.
　　　　　Bulletin of the Institute of History and Philology
　　　　　52.2: 235-301.

　　1995　Formosan vs. non-Formosan features in some
　　　　　Austronesian languages in Taiwan. In Paul Jen-
　　　　　kuei Li, Cheng-hwa Tsang, Ying-kuei Huang,
　　　　　Dah-an Ho, and Chiu-yu Tseng (eds.)
　　　　　Austronesian Studies Relating to Taiwan, pp.

651-682. Symposium Series of the Institute of History and Philology Academia Sinica No. 3. Taipei: Academia Sinica.

Mei, Kuang (梅廣)

1982　Pronouns and verb inflection in Kanakanavu. *Tsing Hua Journal of Chinese Studies, New Series,* 14: 207-252.

Tsuchida, Shigeru (土田滋)

1976　Reconstruction of Proto-Tsouic Phonology. *Study of Languages & Cultures of Asia & Africa Monograph Series* No. 5. Tokyo: Gaikokugo Daigaku.

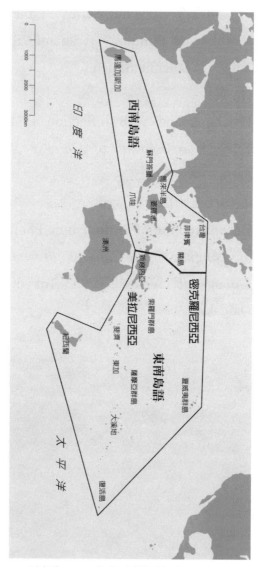

地圖 1 南島語族的地理分布

來源：*The New Encyclopaedia Britannica*（1992）第22冊755頁（重繪）

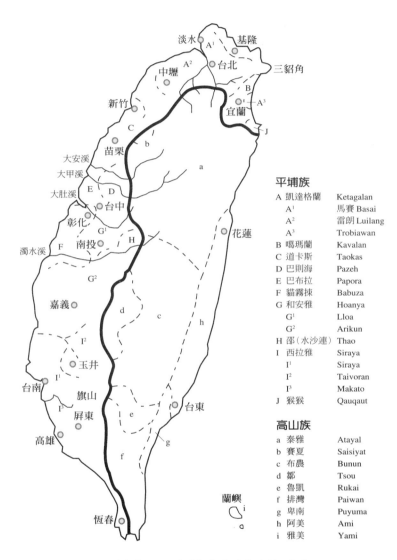

平埔族

A	凱達格蘭	Ketagalan
A¹	馬賽 Basai	
A²	雷朗 Luilang	
A³		Trobiawan
B	噶瑪蘭	Kavalan
C	道卡斯	Taokas
D	巴則海	Pazeh
E	巴布拉	Papora
F	貓霧捒	Babuza
G	和安雅	Hoanya
G¹		Lloa
G²		Arikun
H	邵（水沙連）	Thao
I	西拉雅	Siraya
I¹		Siraya
I²		Taivoran
I³		Makato
J	猴猴	Qauqaut

高山族

a	泰雅	Atayal
b	賽夏	Saisiyat
c	布農	Bunun
d	鄒	Tsou
e	魯凱	Rukai
f	排灣	Paiwan
g	卑南	Puyuma
h	阿美	Ami
i	雅美	Yami

地圖 2　台灣南島語言的分布

來源：李壬癸（1996）

附件

南島語言中英文對照表

【中文】	【英文】
大洋語	Oceanic languages
巴則海語	Pazeh
巴玻拉語	Papora
加本語	Jabem
卡那卡那富語	Kanakanavu
古戴	Kuthi 或 Kutai
布農語	Bunun
多羅摩	Taruma
西拉雅語	Siraya
沙阿魯阿語	Saaroa
卑南語	Puyuma
邵語	Thao
阿美語	Amis
南島語族	Austronesian language family
洪雅語	Hoanya

【中文】	【英文】
原始台灣語	Proto-Formosan
原始西部語	Proto-Hesperonesian
原始泰雅群語	Proto-Atayal
原始排灣語	Proto-Paiwan
原始鄒群語	Proto-Tsou
泰雅群支	Atayalic subgroup
泰雅語	Atayal
馬來語	Malay
馬玻語支	Malayo-Polynesian subgroup
排灣群支	Paiwanic subgroup
排灣語	Paiwan
凱達格蘭語	Ketagalan
斐濟語	Fiji
猴猴語	Qauqaut
跋羅婆	Pallawa
塔加洛語	Tagalog
道卡斯語	Taokas
達悟雅美語	Yami
鄒群支	Tsouic subgroup
鄒語	Tsou
魯凱語	Rukai

【中文】	【英文】
噶瑪蘭語	Kavalan
貓霧梀語	Babuza
賽夏語	Saisiyat
薩馬力諾語	Samareno

第 *1* 章

導論

　　鄒族（昔稱北鄒）分布於西南台灣，人口約有五千餘人。鄒語包括三個主要方言，依地理位置可區分爲南投縣信義鄉的久美方言、嘉義縣阿里山鄉的特富野方言和達邦方言。根據董同龢先生（1964）和李壬癸教授（1979）的研究，鄒語方言之間的詞彙、語音和語法差異很少。

　　在筆者先後，有不少國內及國外的學者及研究生也參與鄒語的田野調查工作，並出版了專書或論文。在此必須承認的是，雖然語言學家提供了很豐富的語料，但許多鄒語構詞及句法特色之解釋及分析仍不甚完整。我們希望藉由本書，能呈現更多鄒語特富野方言之現象與特色.。

　　本書共分爲六章，首章爲本叢書導論，由何大安和楊秀芳兩位教授執筆，介紹南島語與台灣南島語，其餘章節討論之內容如下：第一章導論，介紹鄒語的分布和現況；第二章主要探討鄒語的音韻系統、語音規則及語音結構；第三章描述該語言的詞彙結構；第四章針對其句法結構做簡單的分析，第五章提供鄒語的基本詞彙。另外，也提供了

（有關鄒語最新的）參考書目、專有名詞解釋及索引，以利讀者閱讀方便。本書並未提供長篇的語料，讀者可在其他書籍當中查閱，如 Tung 1964 或 Szakos 1994。

筆者於民國八十一年至八十六年間調查鄒語。在此要感謝下列各位鄒語發音人對本書所提供的語料和許多方面的協助：

汪明輝：　民國 48 年生於達邦村特富野，族名為 tibusngu 'e peongsi　，通曉國語。

武山勝：　民國 25 年生於來吉村，族名為　mo'o mɨknana，通曉國語。

鄭正宗：　民國 27 年生於達邦村特富野，通曉國語。

在此也要特別感謝所有核對並修正本書的朋友，黃美金及蔡美智兩位教授、林惠娟以及朱黛華兩位助理。

第 *2* 章

鄒語的音韻結構

　　本章所要探討的是鄒語的音韻結構，可分爲語音系統、音韻規則和音節結構三方面來討論，以下分述之。

一、語音系統

　　鄒語共有十五個輔音、一個滑音、六個元音發音方法及部位如表 2.1 所示。

　　注意：本專書中所採用的符號，乃依據教育部委託中央研究院李壬癸教授（1992）所編著的《台灣南島語言的語音符號系統》一書中的鄒語音韻系統加以修改而寫；方括弧內爲國際音標中所採用的符號。

表 2.1 鄒語的語音系統

[輔音]

		唇音	舌尖音	舌面音	舌根音	喉音
塞音	清	p	t		k	’ [ʔ]
	濁	b [ɓ]	d [ɗ]			
塞擦音				c		
擦音	清	f	s			h
	濁	v	z			
鼻音		m	n		ng [ŋ]	
滑音				y		

[元音]

	前	央	後
高	i	ʉ	u
中	e		o
低		a	

語音描述

（1）「塞音」

　　鄒語的 / p, t, k, ’ / 是一般語言中，常見不送氣的清塞音。/ p, t, k / 讀如國語的ㄅ、ㄉ、ㄍ。

　　/ b, d / 分別是於 / p, t / 同部位的濁塞音語，發音時都不送氣，前者為前帶喉塞音的 [’b, ’d]，

（2）「塞擦音」

　　/ c / 是個送氣塞擦音，讀如國語的ㄗ。/ c / 出現在高元音 / i / 之前時，會產生變化的同位音 [tʃ]，國語讀

如ㄔ。

（3）「擦音」

　　鄒語有三個清擦音／f, s, h／和兩個濁擦音／v, z／。
／f／讀如國語的ㄈ；／s／讀如國語的ㄙ，但在高音／i／
之前後往往顎化，讀如國語的ㄕ；／h／讀如國語的ㄏ。
國語沒有相當於／v／的音。

（4）「鼻音」

　　／m, n, ng／是／p, t, k／同部位的鼻音。／m, n／讀
如國語的ㄇ、ㄋ；至於／ng／沒有完全相對的國語的音及
符號。

（5）「滑音」

　　鄒語的滑音讀如國語的ㄧ。

（6）「元音」

　　鄒語有六個元音／i, a, e, o, u, ʉ／，／i, a, u／讀如國
語的ㄧ、ㄚ、ㄨ。／e, o／相當於國語的ㄟ、ㄡ。／ʉ／比
一般的央中元音高一些，有點像國語的ㄜ。

輔音及元音的分佈

（1）所有的輔音都可以出現在字首，也可以接在各種單
元音之後。單字結尾為開音節，所以輔音從不出現在字尾。

（2）有很多種輔音群，但輔音群的分佈有限：（i）沒有同輔音的輔音群（*pp, *kk, *nn），（ii）鼻音只能和同部位的塞音或擦音一起出現（例如：mpʉtʉ "拿著"、nte "（可能）會"、 ongko "名字"），（iii）塞音可以和喉音一起出現，但是不能跟同部位的擦音一起出現（*pf, *ds, *bv）。

（3）鄒語的六個元音／i, a, e, o, u, ʉ／都可出現在字首、兩個輔音之間或字尾。

　　以下為含有上述這些音的字詞：

表 2.2 鄒語輔音及元音間的分佈

輔音	字首	語意	字中	語意
/p/	peisu	錢	tposi	寫
/t/	taseona	早上	baito	看
/k/	kaebʉ	喜歡	oko	小孩
/'/	'ua	鹿	maitan'e	今天、現在
/b/	bonʉ	吃	eobako	打
/d/	duhtu	久美方言	meedʉ	能
/c/	cou	人	tacʉmʉ	香蕉
/f/	fatu	石頭	fu'fu	刀
/v/	voyʉ	男名	evi	樹
/s/	skufu	下面	meoisi	大
/z/	zou	是	puzu	火
/h/	huv'o	鋸子	cohivi	知道
/m/	mimo	喝	emoo	房子

/n/	naveu	飯	coni	一
/ng/	nghou	猴子	mamespingi	女孩
/y/	yoskʉ	魚	aveoveoyʉ	高興

元音	字首	語意	字中	語意	字尾	語意
/i/	ino	媽媽	mihino	買	ak'i	祖父
/a/	aacni	常常	nac'o	難過	yaa	有
/e/	emoo	房子	ake'i	一點	e'e	語言
/o/	o'a	不	cmoi	熊	kuzo	壞
/u/	uk'a	沒有	chumu	水	av'u	狗
/ʉ/	ʉmnʉ	喜歡	ngʉca	天空	oepʉngʉ	吃完

二、音韻規則和音位轉換

鄒語有以下的音韻規則和音位轉換：

（1）顎化

塞擦音／c／和擦音／s／在前元音／i／之前會顎
化。規則如下：

$$\begin{vmatrix} s \\ c \end{vmatrix} \rightarrow \begin{vmatrix} \int \\ t\int \end{vmatrix} / \_\_i$$

例如： meoisi [meoiʃi] '大'
　　　ci 　　[tʃi] 　　'的'

（2）音位轉換

如 Tsuchida（1976）說明，鄒語動詞有不同的形式來表示不同焦點。動詞的詞音位轉換有：ʉ, u, o ～ v 和 e, i ～ z。規則如下：

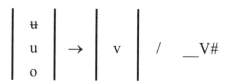

$$\begin{vmatrix} ʉ \\ u \\ o \end{vmatrix} \rightarrow \begin{vmatrix} v \end{vmatrix} \quad / \quad \_\_V\#$$

例如：

主事者焦點	受事者焦點	語　　意
to'tohʉngʉ	to'tohʉngv-a	想
bohsifou	bohsifov-a	爬
yoyoso	yoyosv-a	玩

$$\begin{vmatrix} i \\ e \end{vmatrix} \rightarrow \begin{vmatrix} z \end{vmatrix} \quad / \quad \_\_V\#$$

例如：

主事者焦點	受事者焦點	語意
opcoi	opcoz-a	殺
matyoʉe	patyoʉz-a	換衣服

（3）音位轉移

根據李壬癸教授（1977），鄒語的動詞上也會有其他音位轉移，如：op ～ po、 oc ～ co 、 ya ～ ay：

主事者焦點	受事者焦點	語　　意
t-m-opsʉ	tpos-i	寫
b-ochio	cohiv-i	知道
m-ayo	ya-a	有

（4）元音的省略

有時候出現在句子中的謂語的最後元音，會因為說話的速度較快而省略，例如：

1a. mo　　　bonʉ　　to　　tacʉmʉ　'o　amo

　　[mo　　　bonto　　tacʉmʉ...]

　　[主事焦點　吃　　斜格　香蕉　　主格　爸爸]

　　'爸爸吃香蕉'

b. mo　　　eonʉ　　ta　　pnguu　　'e　　　mo'o

　　[mo　　　eonta　　pnguu ...]

　　[主事焦點　在　斜格　　地名　　主格　　男名]

　　'mo'o 在 puungu'

c. coni　　ci　　zomʉ

　　[conci　　　zomʉ]

　　[一　　　的　　鳥]

　　'一隻鳥'

三、音節結構

　　鄒語的基本音節結構為：C（C）V，而基本音節可以相連，如：C（C）V（V）C（C）V（V）。虛詞都是單音節，如 ho'和'、 da '過'、 'a '是／就' 等，而實詞大多數是雙音節以上，如下：

表 2.3 鄒語的音節結構

CV	ho	'和'
CVV	'ua	'鹿'
CVVV	hioa	'做'
VC	uh	'去'
VCV	amo	'爸爸'
VCVV	ahoi	'開始'
CVCV	hisi	'牙齒'
CCVV	f'ue	'地瓜'
CVVCCV	yainca	'說'

　　重音通常落在詞的倒數第二音節，例如：

amo　'爸爸'　　tacɨmɨ　'香蕉'　　bochio '知道'

附加後綴後，重音還是會落在（新）詞的倒數第二音節，例如：

amo-'u '我的爸爸' tacɨmɨ-su '你的香蕉' cohiv-i '知道'

第 3 章

鄒語的詞彙結構

　　本章主要討論的是鄒語的構詞，可分爲單純詞、衍生詞、複合詞、重疊詞和少數外來語借詞，以下分別介紹之。

一、單純詞

　　單純詞是由詞根單獨構成，不需附加任何詞綴。鄒語的單純詞可分爲單音節和多音節單純詞：

單音節單純詞

’a　　‘就’　　ho　　‘和’　　uh　　‘去’

多音節單純詞

mcoo　‘眼睛’　uk’a　　‘沒有’　na’no ‘很’
emoo　‘房子’　eon　　‘在’　　pei’i ‘煮飯’

二、衍生詞

　　衍生詞是由詞根附加上詞綴構成的，其語意和語法作

用亦可能隨之改變。鄒語的詞綴可分爲：（一）前綴、（二）
後綴、（三）前後綴。本節將介紹最常見的詞綴，提供的
語料並不多，讀者可另外參考 Tung（1964）、 Tsuchida
（1990）和 Szakos（1994）。

前綴

（1） a- 附加在名詞前，構成表「穿」之動詞，如：

| a-'i-'ihosa | 穿-重疊-衣服 | 穿衣服 |

例句：

mi-ta   a'i'ihosa
[主事焦點-他 穿衣服]
'他穿衣服'

（2） ai- 附加在名詞或動詞前，而構成表「像」之動
詞，如：

| m-ai-a'o | 主事焦點-像-我 | 像我 |
| m-ai-su | 主事焦點-像-你 | 像你 |

例句：

mi-ta   maia'o ho bangkake
[主事焦點-他 像我 和 高]
'他像我一樣高'

（3） bi- 附加在動詞前，有「自（以爲）」之意，如：

| bi-ta'so | 自(以爲)-強 | 自以爲很強 |

| bi-taicini | 自(以為)-偉大 | 自以為很偉大 |

例句：

mi-ta　　　　　　　bita'so

[主事焦點-他　　　自以為很強]

'他自以為很強'

（４）　bohi- 附加在動詞前，有「切」之意，如：

bohi-longʉ	切-傷口	砍傷
bohi-ftungu	切-斷	切斷
bohi-cachi	切-自己	砍自己

例句：

mi-ta　　　　　yachi　　　bohilongʉ

[主事焦點-他　　自己　　砍傷]

'他砍傷自己'

（５）　de- 附加在動詞前，有「專門」之意，如：

de-ma'cohio	專門-教	專門教書
de-pei'i	專門-煮飯	專門煮飯
de-sʉ'no	專門-生氣	愛生氣

例句：

'a　　　　dema'cohio　　　　na　　　a'o

[就　　　專門教書　　　　主格　　我]

'我是老師'

（６）　doe- 附加在名詞或動詞前，但意思會有點不同：

doe- 附加在名詞前衍生詞，有「很大」之意；
而 doe- 附加在動詞前衍生詞，則有「很多」之
意。如：

doe-ma-mco	很大-重疊-眼睛	大眼睛
doe-ngucʉ	很大-鼻子	大鼻子
doe-fa-fungu	很大-重疊-頭	大頭
doe-eafou	很多-打獵	打很多獵物
doe-eaoko	很多-生小孩	生很多小孩

例句：

'e   doemamco！

[主格   大眼睛]

'（你）這個大眼睛（的人）！'

（7）　e- 附加在名詞或動詞前，有「吸」之意，如：

e-tamaku	吸-煙	抽煙
e-kameosʉ	吸-拿	說一下子；吸一下子
e-dʉi	吸-到	聞到

例句：

mi-ta   etamaku

[主事焦點-他   抽煙]

'他在抽煙'

（8）　ea-（ya-）附加在名詞前，構成表「有、生」之
動詞，如：

| ea-oko | 有-小孩 | 生小孩 |
| ea-fou | 有-肉 | 打獵 |

例句：

moso-n'a 　　　　eaoko 　　　　'e 　　　yangui

[主事焦點-還 　生小孩 　　主格 　　女子名

nenɨt'ɨtcɨ

去年]

'到去年 yangui 還（可以）生小孩

（9）　ho- 附加在名詞前，有「未來」之意，如：

| ho-hucma | 未來-天 | 明天 |
| ho-homna | 未來-時 | 何時 |

例句：

te-ta 　　　　　uh 　ne 　taipaku 　ho-hucma

[主事焦點-他 去 　斜格　台北 　　明天]

'他明天要去台北'

（10）i- 附加在名詞前，構成表「戴」之動詞，如：

| i-ceopungu | 戴-帽子 | 戴帽子 |

例句：

mi-ta 　　　　　iceopungu

[主事焦點-他 　戴帽子]

'他戴帽子'

（11）ma- 附加在動詞前，有「容易、愛」之意，如：

ma-sɨ'no	容易-生氣	容易生氣
ma-mongsi	容易-哭	愛哭

例句：

da-ko　　　　　na'no　　masɨ'no

[主事焦點-你　　很　　　容易生氣]

'你很容易生氣'

（12）me- 附加在名詞前，構成表「做」之動詞，如：

me-emi	做-酒	做酒

例句：

da-ta　　　　　　meedɨ　meemi　（'e　　　ino）

[主事焦點-他　　會　　做酒　　（主格　媽

媽）]

'媽媽常常做酒'

（13）ne- 附加在名詞前，有「過去」之意，如：

ne-hucma	過去-天	昨天
ne-homna	過去-時	何時

例句：

moh-ta　　　　uh　ne　　taipaku　nehucma

[主事焦點-他 去　斜格　台北　　昨天]

'他昨天去台北'

（１４）ta- 附加在名詞或動詞前，有「聽」之意，如：

tadɨi	聽-非主事焦點-到	聽到
t-m-a-ovei	聽-主事焦點-回來	打聽

例句：

os-'o　　　　　tadɨi　　co　　mo

[非主事焦點-我　聽到　　主格　　主事焦點

mongsi　　ci　oko

哭　　　　的　小孩]

‘我聽到小孩哭（的聲音）’

（１５）ti- 附加在名詞或動詞前，表示「用手做件事」，
　　　　如：

ti-mcoi	用手-殺死	用手殺死
ti-koyu	用手-耳朵	拉（別人的）耳朵
ti-ftungu	用手-打破	用手打破

例句：

moh-ta　　　　　da　timcoi　　to　　fkoi

[主事焦點-他　　過　用手殺死　斜格　蛇

'o　　　amo

主格　　爸爸]

‘爸爸用手殺死蛇’

後綴

（１） -na 附加在否定詞後，有「（不／沒有）了」之
意，如：

o'a-na	不-了	不…了
uk'a-na	沒有-了	沒了

例句：

o'ana　　mo　　　　mongsi　'e　　　oko
[不了　　主事焦點　　哭　　　主格　　小孩]
'小孩不哭了'

前後綴

（１） ei／eu-...-hu 附加在數詞前後，構成表示「幾次」
之動詞，如：

ei-po-pso-hu	兩-重疊-次	兩次
ei-yo-emo-hu	五-重疊-次	五次

例句：

mi-'o-cu　　　　　　eiyoemohu　　uh　　ta
[主事焦點-我-已　五次　　　　　　去　　斜格

tfuya
特富野]

'我去過特富野五次'

（2） posi-...-hʉ 附加在數詞前後，構成表示「（幾）千」之動詞，如：

posi-po-pso-hʉ	兩-重疊-千	兩千
posi-so-sio-hʉ	九-重疊-千	九千

例句：

pan to mo posipopsohʉ ci
[有 斜格 主事焦點 兩千 的
peisu-'u
錢-我的]
'我有兩千塊'

綜合上述，可把鄒語最常見的詞綴表如下。注意：在表中，＋表示「是」，而－表示「不是」：

表 3.1 鄒語最常見的前綴

前綴	語意	附 加 在		構成	例子
		名詞前	動詞前		
a-	穿	＋	－	動詞	a-'i'ihosa '穿衣服'
ai-	相似	＋	＋	動詞	m-ai-su '像你'
bi-	自以為	－	＋	動詞	bi-ta'so '自以為很強'
bohi-	切	－	＋	動詞	bohi-ftungu '切開'
de-	專門	－	＋	動詞	de-ma'cohio '老師'
doe-	很多	－	＋	動詞	doe-eafou '打很多獵物'
	很大	＋	－	名詞	doe-mamco '大眼睛'
e-	拿	＋	－	動詞	e-tamaku '抽煙'
ea-	有、生	＋	－	動詞	ea-oko '生小孩'

ho-	未來	+	—	副詞	ho-hucma '明天'
i-	戴	+	—	副詞	i-ceopungu '戴帽子'
ma-	易、愛	—	+	動詞	ma-mongsi '愛哭'
me-	做	+	—	動詞	me-emi '做酒'
ne-	過去	+	—	副詞	ne-hucma '昨天'
ta-	聽	—	+	動詞	ta-dʉi '聽'
ti-	做件事	+	+	動詞	ti-mcoi '用手殺死'

表 3.2 鄒語最常見的後綴

後綴	語　意	附　加　在		構　成	例子
		詞綴後	否定詞後		
-na	(不／沒有)了	—	+	否定詞	uk'a-na '沒了'

表 3.3 鄒語最常見的前後綴

前後綴	語意	附加在		構成	例子
		名詞前後	動詞前後		
ei/eʉ-...-hʉ	幾次	+	—	動詞	ei-yoemo-hʉ '五次'
posi-...-hʉ	（幾）千	+	—	動詞	posi-popso-hʉ '兩千'

三、複合詞

　　鄒語詞彙裡有很多兩個或兩個以上的詞根組合而成為新詞，例如：

名詞+名詞

'ua-chumu	鹿-水	水牛
ak'e-nguca	祖父-天	天神

例句：

mo	eon	ta	papai	'e
[主事焦點	在	斜格	田裡	主格

'ua-chumu

水牛]

'水牛在田裡'

名詞+動詞

oyona-tmopsʉ	地方-讀	學校
pua-no-'aemonʉ	祈使-在-房間裡	叫到房間

例句：

'a	dema'cohio	no	oyonatmopsʉ	ta
[就	教	斜格	學校	斜格

ino-'u

媽媽-我的]

'我媽媽當老師'

名詞+數詞

amo-coni	爸爸-一	叔父、伯父等
ino-coni	媽媽-一	阿姨、姑姑等

例句：

o-'u   aiti to   <u>amoconi-'u</u>   nehucma

[非主事焦點-我   看   斜格   叔父-我的   昨天]

'我昨天看過我的叔父'

動詞+數詞

o-cni (<bonʉ + coni)	吃-一	吃一個

例句：

da   <u>huhucmasi</u>   ocni   to   tacʉmʉ

[主事焦點   每天   吃一個 斜格   香蕉

'o   mo'o

主格   mo'o]

'mo'o 每天吃一個香蕉'

四、重疊詞

基本上，鄒語的名詞或動詞詞根都可以重疊。名詞重疊時，表示複數；而動詞重疊時，則有「加強」或「重新做」之意。我們認為，鄒語只有部分重疊。可進一步分為三種重疊類型，以下分別討論之：

（1）第一種為重疊一個動詞或名詞詞根的第一個輔音和元音，成為新音節。規則如下：

$$C_1V_1C(C)V(V) \text{--> } C_1V_1 \ C_1V_1C(C)V(V)$$

例如：

原詞		>	重疊詞	
hucmasi	第二天	>	**hu**hucmasi	每天
pai	米	>	**pa**pai	田
cofkoya	乾淨	>	**co**cofkoya	很乾淨

例句：

da-ta		huhucmasi	bonɨ	to	tacɨmɨ
[主事焦點-他		每天	吃	斜格	香蕉]

'他每天吃香蕉'

（2）第二種為重疊一個名詞詞根的前兩個輔音和第一個元音，成為新音節。規則如下：

$$C_1 C_2 V_1 C(C)V(V) \rightarrow C_1 C_2 V_1 C_1 C_2 V_1 C(C)V(V)$$

例如：

原詞		>	重疊詞	
cmoi	熊	>	**cmo**cmoi	（很多）熊
f'ue	地瓜	>	**f'uf**'ue	（很多）地瓜
byahci	水果	>	**bya**byahci	（很多）水果

例句：

moh-ta		bonɨ	to	byabyahci
[主事焦點-他		吃	斜格	水果]

'他吃了很多水果'

（3）如一個詞根為母音開頭，重疊時在這重疊之母音前後，均須插入一個喉塞音。規則如下：

$$V_1CV \longrightarrow {'}V_1{'}V_1CV$$

例如：

原詞		>	重疊詞	
oko	小孩	>	**'o'oko**	（很多）小孩
evi	樹	>	**'e'evi**	森林
ucei	芋頭	>	**'u'ucei**	（很多）芋頭

例句：

mo   eon   to   emoo   'o

[主事焦點 在 斜格 房子 主格

ac<u>u</u>c<u>u</u>h<u>u</u> <u>ma'o'oko</u>

全部   小孩]

'全部的小孩都在家'

五、外來語借詞

鄒語從西班牙語、閩南語、日語借進一些詞彙，如：

西班牙語借詞

peisu   錢

閩南語借詞

angmu	西方人（紅頭髮）	chana	田
chai	菜	suayi	芒果

日語借詞

taivang	台灣	taito	台東
hasi	筷子	teduva	電話
kopo	杯子	ngadasu	玻璃

第 4 章

鄒語的語法結構

　　本章所探討的鄒語句法結構，分別介紹簡單句結構（包括詞序、格位標記系統、代名詞系統、焦點系統、時貌（語氣）系統、存在句結構、祈使句和使役結構、否定句結構、疑問句結構），及複雜句結構等，以下分述之。

一、詞序

　　鄒語和其他台灣南島語一樣，都是主要語在句首的語言，因此無論句子為動詞子句或名詞子句，主要語通常都出現在最前面。

句子裡的詞序

　　以下，我們將分別討論動詞子句及名詞子句的詞序。

（1）動詞子句詞序與特性

（1）鄒語的助動詞

　　鄒語有個特色，為幾乎每個動詞子句以助動詞起首，如 (1a) 表示：

1a. <u>moso</u>　　etamaku　　　'o　　　　ohaesa
　　[主事焦點　　抽（煙）　　主格　　　弟（妹）]
　　'我的弟弟抽（過）煙'

鄒語助動詞有以下的特性：

(1) 通常不能省略，比較 (1a-b)：

1b. *∅ etamaku　　　'o　　　　ohaesa
　　[∅　抽（煙）　　主格　　弟（妹）]

(2) 該助動詞和一般動詞的差異在於，前者的前後位置
　　可出現主題、否定詞及動貌標記，參見 (2a-c)：

2a. <u>'o</u>　　　<u>ohaesa</u>　　**moso**　　　etamaku
　　[主格　　弟(妹)　　　主事焦點　　抽（煙）]
　　'我的弟弟，（他）抽（過）煙'

　b. <u>o'a</u>　　**moso**　　　-s'a <u>da</u> etamaku　　　'o
　　[不　　　主事焦點　　s'a 過　抽（煙）　　　主格
　　ohaesa
　　弟（妹）]
　　'我的弟弟沒抽過煙'

　c. **moh-<u>cu</u>**　　　　etamaku　　　'o　　　　ohaesa
　　[主事焦點-已經　　　抽（煙）　　　主格　　　弟(妹)]
　　'我的弟弟已經抽煙（了）'

(3) 若句子中出現代名詞，則代名詞必須出現在助動詞之
　　後，參見 (3)。

3. o'a　　**moh**-<u>ta</u>　　-s'a　　etamaku

[不　　主事焦點-他　s'a　　抽（煙）]

'他沒有抽煙'

(4) 該助動詞可分為三類：第一類（mi-, mo(h)-, mio, moso）出現在主事焦點子句，第二類（i-, o(h)- ）出現在非主事焦點子句，而第三類（te, tena, ta, nte, nto, ntoso, da 等）可出現在主事焦點或非主事焦點子句。該助動詞與動詞之間有相呼應關係，也就是說，如助動詞為主事焦點，動詞也必須為主事焦點；而如助動詞為非主事焦點，動詞也必須為非主事焦點。若句子中是第三類助動詞出現，動詞可為主事焦點，也可為非主事焦點。例句如下：

4a. **mi**-ta　　　　<u>m</u>-imo / * im-<u>a</u>

[主事焦點-他　　主事焦點-喝 / 喝-受事焦點

ta　　　　emi

斜格　　　酒]

'他在喝酒'

b. **i**-ta　　　　im-<u>a</u> / * <u>m</u>-imo

[非主事焦點-他　喝-受事焦點 / 主事焦點-喝

ta　　　　emi

主格　　　酒]

'他喝酒了'（=酒被他喝了）

c. **te**-ta   m-imo   ta   emi

　[主事焦點-他　　主事焦點-喝　　斜格　　酒]

　'他將喝酒'

d. **te**-ta   im-a   ta   emi

　[非主事焦點-他　喝-受事焦點　　主格　　酒]

　'他將喝酒'（=酒將被他喝）

綜合上述，可把鄒語的助動詞和詞序列表如下：

表 4.1 鄒語助動詞的句法特性

句子結構	助動詞	特　　性
主事焦點	mo(h)-, moso, mio, mo, mi-	1.在一般動詞子句裡，助動詞不能省略。
受事焦點	o(h)-, i-	2.助動詞和動詞之間有相呼應關係。
主事焦點／受事焦點	te, ta, tena, nte, nto, ntoso, da, dea	3.助動詞和一般動詞的差異在於前者的前後位置可出現主題、否定詞、及動貌標記。 4.代名詞必須出現在助動詞後。 5.助動詞帶著時貌的分別。

　　以上所探討的是鄒語助動詞的句法特性。該助動詞的語意功能將於本章第五節進一步討論。

（2）動詞子句的詞序

　　如果句子中只出現兩個名詞（組），文法主語通常出現在句尾而詞序為 VOS（V 表示動詞，S 表示主語，O 表示賓語），如 (5a-b) 表示。如文法主語出現在動詞後，句子有可能會不合文法，如 (5c)。還是會跟原來的句子

有些語意的差異，如 (5d) 。以下的例句中，文法主語由劃底線的名詞表之：

5a.　[mo　　　　　　bonʉ][to　　　tacʉmʉ] [ˈo　　　amo]

　　　[主事焦點　　　吃　斜格　香蕉　　主格　爸爸]

　　　‘爸爸吃香蕉’ (VOS)

　b.　[i-si　　　　　　ana] [to　　amo] [ˈo　　　tacʉmʉ]

　　　[非主事焦點-他　吃　斜格　爸爸　主格　香蕉]

　　　‘爸爸吃香蕉’（=‘香蕉被爸爸吃’）(VOS)

　c.　?*[mo　　　　　　bonʉ][ˈo　　　amo] [to　　　tacʉmʉ]

　　　[主事焦點　　　吃　主格　　爸爸 斜格　　香蕉]

　　　‘爸爸吃香蕉’ (?*VSO)

　d.　[i-si　　　　　　ana] [ˈo　　　tacʉmʉ　to　　　amo]

　　　[非主事焦點-他　吃　主格　　香蕉　　斜格　爸爸]

　　　‘爸爸的香蕉被吃掉’ ≠ (5b) (VS)

　　　如果句子中出現三個（以上的）名詞（組），該名詞組詞序比較自由，有時為 VOS，有時為 VSO。比較 (5a-d) 和 (6a-c)。

　6a.　[mo　　　　　　meoeoi][to　　peisu][to　　　ino]

　　　[主事焦點　偷　斜格　錢　斜格　媽媽

　　　[ˈo　　　oˈyu]

　　　主格　小偷]

　　　‘小偷偷（了）媽媽（的）錢’ (VOS)

b. [mo meoeoi][to ino] ['o o'yu]

[主事焦點 偷 斜格 媽媽 主格 小偷

[to   peisu]

斜格 錢

'小偷偷（了）媽媽（的）錢' (VSO)

c. [mo meoeoi]['o o'yu] [to   peisu]

[主事焦點 偷 主格 小偷 斜格 錢

[to   ino]

斜格 媽媽]

'小偷偷了媽媽（的）錢' (VSO)

以上的例句中，還有兩點值得注意：

1. 每一個名詞（組）前必有格位標記（主格或斜格）。

2. 出現在句尾的名詞組與動詞之間有相呼應關係。

這兩點，將於本章第二和第四節討論。綜合上述，可把鄒語的詞序列表如下：

表 4.2 鄒語動詞子句的詞序

(否定主題)	助動詞	代名詞	(副詞 1)	(副詞 2)	動詞	名 詞 組		名詞組
						格位標記		格位標記
o'a	moh	-ta	-s'a	da	bonɨ	to	tacɨmɨ	'o	amo
否定	實現	他	s'a	過	吃	斜格	香蕉	主格	爸爸
'爸爸從來沒有吃過香蕉'								

（2）名詞子句

　　有些句子的謂語爲一名詞（組），亦即該句子乃由兩個名詞（組）組合而成，構成所謂的名詞子句。在一般的名詞子句，我們以上介紹的助動詞，如：mo(h)-, moso, mi-, i-, o(h)- 不能出現，參見 (7a)。鄒語有另外一個助詞 zou ，可以也可以不出現在名詞子句的句首，參見 (7b)：

7a. (’a / o’a / *mo)　　　　　oko-’u　　　na　　　sico

　　[（就 / 不 / 主事焦點）　小孩-我的　主格　　他]

　　‘他（就 / 不）是我的小孩’

　b. (’a / o’a)　　(zou)　yatatiskova　no　　　cou

　　[（就 / 不）　（是）　人　　　　斜格　　鄒

　　na　　　a’o

　　主格　　我]

　　‘我（就 / 不）是鄒族人’

表 4.3 鄒語名詞子句的詞序

（否定 / 肯定標記）		名詞組	名詞組	
			格位	（代）名詞
(’a / o’a)	zou	oko-’u	na	sico
（就 / 不）	（是）	小孩－我的	主格	他
‘他（就 / 不）是我的小孩’				

　　我們已提出鄒語的名詞前必有格位標記，名詞後可出現其他的指示代名詞，比較 (8a-b)：。

8a.　'e　　　　　oko
　　　[主格　　　小孩]
　　　'（這個）小孩'

　b.　'e　　　　　oko　　　eni
　　　[主格　　　小孩　　　這]
　　　'這個小孩'

　　鄒語有兩種名詞修飾語：第一種為一個名詞修飾另外一個名詞，這個修飾語會出現在被修飾的名詞之後，而兩個名詞之間必有 ta, to 或 no 。第二種為一個謂語修飾一個名詞，這個修飾語會出現在被修飾的名詞之前，而動詞和名詞之間必有 ci。試比較以下的例句：

9a.　'o　　　oko　　　to　　　mamespingi
　　　[主格　小孩　　斜格　　女]
　　　'（那個）女人的小孩'

　b.　'o　　　oko　　　no　　　mamespingi
　　　[主格　小孩　　斜格　　女]
　　　'那個女孩'

9a.　'e　　　con　　　ci　　　oko
　　　[主格　一　　　的　　　小孩]
　　　'一個小孩'

　b.　'e　　kaebʉ　　ci　　　oko
　　　[主格　高興　　的　　　小孩]
　　　'高興的小孩'

二、格位標記系統

　　大部份的台灣南島語的格位標記，會隨著其後的名詞為人稱專有名詞或普通名詞而有所改變；也有些語言會再因為名詞是表單數或複數再細分。鄒語的格位標記有所不同，與其他語言比起來更為複雜。

　　鄒語的格位標記共分主格和斜格兩大類，而這兩大類格位標記，隨著其後的名詞所表示的參與者是否為說話者／聽話者可以指示的而有所區別；同時會再因說話者是否可以認出這名詞所表示的參與者而再細分。其格位標記改變時，語意亦隨之而變。鄒語的格位標記系統如下表所示：

表 4.4　鄒語的格位標記系統

名　　詞	格位標記	
	主格	斜格
+可指示的 　+可辨識的 　　+說話者／-聽話者 　　-說話者／+聽話者 　　-說話者／-聽話者 　±可辨識的	 'e si ta 'o	 ta to
-可指示的 　+可辨識的 　-可辨識的	 co na	 nca no, ne

　　主格格位標記出現在表示文法主語的名詞前，斜格格位標記則是出現在標示非文法主語的名詞前，例句如下（文法主語由劃雙底線的名詞表之；非文法主語由劃單底線表

之）：

1a. mo　　　　　bonʉ　　ta　　tacʉmʉ　'e　　oko

　　[主事焦點　吃　　斜格　香蕉　主格　小孩]

　　'小孩在吃香蕉'（小孩在說話者旁邊）

b. mo　　　　　bonʉ　ta　　tacʉmʉ　si　　oko

　　[主事焦點　吃　　斜格　香蕉　　主格　小孩]

　　'小孩在吃香蕉'（小孩在聽話者旁邊）

c. mo　　　　bonʉ　ta　　tacʉmʉ　ta　oko

　　[主事焦點　吃　　斜格　香蕉　　主格　小孩]

　　'小孩在吃香蕉'（說話者和聽話者都可看到小孩，

　　但他離他們較遠）

d. mo　　　　　bonʉ　to　　tacʉmʉ　'o　　oko

　　[主事焦點　吃　　斜格　香蕉　　主格　小孩]

　　'小孩在吃香蕉'（說話時小孩不在場）

e. mo　　　　　bonʉ　no　　tacʉmʉ　na　　oko

　　[主事焦點　　吃　　斜格　香蕉　　主格　　小孩]

　　'一個小孩在吃香蕉'（說話者／聽話者都不認識小孩）

f. mo　　　　　bonʉ　nca　tacʉmʉ　co　　oko

　　[主事焦點　　吃　　斜格　香蕉　　主格　　小孩]

　　'(聽到)小孩在吃香蕉'（聽到小孩在吃，但沒看到他）

　　有關鄒語格位標記的用法與分布有幾點值得注意：

1. 如句子中出現兩個不同的名詞組，斜格和主格格位標記

　　之間不會有任何相呼應關係，比方說 'e 可以跟 ta 或 to

一起出現。但是，如句子中出現一個合成名詞組，該兩個名詞之前出現的斜格和主格格位標記間必為「可指示的」或「可辨識的」有相呼應關係。換句話說，如果 'e 出現， ta 也必須出現；如果 'o 出現，to 也必須出現。比較下列二例即可得知：

2a. moso　　　eobako　[ta　　oko] ['e　　　ino]

　　[主事焦點　打　　　斜格　小孩　主格　　媽媽]

　　'媽媽打(過)小孩'（說話時，媽媽與小孩兩個都在場）

 b. moso　　　eobako　[to　　oko] ['e　　　ino]

　　[主事焦點　打　　　斜格　小孩　主格　　媽媽]

　　'媽媽打(過)小孩'（說話時，媽媽在場，但小孩不在場）

3a. moso　　　　enghova　['e　　　psoevohngʉ　ci

　　[主事焦點　　藍色　　主格　　漂亮　　　　的

　　mcoo　　　ta　　　ino-'u]

　　眼睛　　　斜格　　媽媽我-的]

　　'媽媽漂亮的眼睛是藍色的'

 b. *moso　　　　enghova ['e　　　psoevohngʉ　ci

　　[主事焦點　　藍色　　主格　　漂亮　　　　的

　　mcoo　　　to　　　ino-'u]

　　眼睛　　　斜格　　媽媽我-的]

2. 雖然以上的例句中，如 (1)，每一個格位標記都可以交換，但交換的情況很有限。以下，我們將進一步說明鄒語格位標記的用法與分布：

（1）'e 對 si / ta

'e、 si 、 ta 所指定的參與者，在空間或時間上，跟說話者／聽話者有密切關係。如 'e 指的是說話者與參與者的空間距離，該格位標記就可以跟 si / ta 交換。比較(1a-c)。但是，如果 'e 指示說話者和參與者的比喻距離，該格位標記就不能跟 si / ta 交換。比較 (4a-b)。雖然 'e 和 'o 可交換，但句子之意思有點不同，在 (4a)，說話者把焦點放在他跟他媽媽的比喻距離，而在 (4c)，他強調的是他跟他媽媽的空間距離。

4a. i-'o   tadɨa   'e   ino-'u
    [非主事焦點-我   想   主格   媽媽-我的]
    '我想念我媽媽'

 b. *i-'o   tadɨa   si / ta   ino-'u
    [非主事焦點-我   想   主格   媽媽-我的]

 c. i-'o   tadɨa   'o   ino-'u
    [非主事焦點-我   想   主格   媽媽-我的]
    '我想念我媽媽'

在 (5a)，'e 不能出現，因為該格位標記所指定的跟聽話者才有關係。在 (5b)，'e 可出現，因為說話者投入聽話者的空間。在這兩個句子中，si / ta 不能出現的原因，在於這兩個格位標記所指定的參與者，必須在空間或時間上跟說話者或聽話者有關係；而 tadɨa '想'這個動詞，暗示著參與者不在場。

5a. i-ko　　　　　　tadɨa　　*'e / *si / *ta / 'o

[非主事焦點-你　　想　　　主格

ino-su

媽媽-你的]

'你想念你媽媽'

b. i-ko　　　　　　tadɨa　　'e / *si / *ta / 'o

[非主事焦點-你　　想　　　主格

ino-'u

媽媽-我的]

'你想念我媽媽'

（2）　'e / si / ta　對　'o / to

　　我們剛指出　'e　、　si　、　ta　所指定的參與者，在空間或時間上跟說話者／聽話者有密切關係。反之，　'o / to　所指定的參與者在空間或時間上跟說話者／聽話者沒有關係，也就是他們之間有段距離。如果　'e / si / ta　所指示的是說話者／聽話者和參與者的空間距離，該格位標記就可以跟　'o / to　交換，比較 (6a-b)　。

6a. moso　　　eobako　　ta　　　oko　　　'e / si / ta

[主事焦點　　打　　　斜格　　小孩　　主格

ino

媽媽]

'媽媽打（過）小孩'（說話時，媽媽跟小孩都在場）

b. moso　　　　eobako　<u>to</u>　　oko　　<u>'o</u>　　ino

[主事焦點　打　　　斜格　　小孩　　主格　媽媽]

'媽媽打（過）小孩'（說話時，媽媽跟小孩都不在場）

　　然而，如果 'e／si／ta 所指示的是說話者／聽話者和參與者的時間距離，該格位標記有時可以或有時不可以跟 'o／to 交換，比較 (7a-d)。

7a. mi-'o　　　　-n'a　　bonɨ　<u>ta</u>　　tacɨmɨ

[主事焦點-我-還　　吃　　斜格　　香蕉]

'我還在吃香蕉'

b. *mi-'o　　　　-n'a　　bonɨ　to　　tacɨmɨ

[主事焦點-我-還　　吃　　斜格　　香蕉]

c. mi-'o　　　　-cu　　bonɨ　<u>ta</u>　　tacɨmɨ

[主事焦點-我-已經　吃　　斜格　　香蕉]

'我已經在吃香蕉'

d. mi-'o　　　　-cu　　bonɨ　<u>to</u>　　tacɨmɨ

[主事焦點-我-已經　吃　　斜格　　香蕉]

'我已經吃香蕉了'

　　此外，如 'o／to 所指示的參與者之說話者無法認出，該格位標記絕不能跟 'e／si／ta 交換。比較 (8a-d)。

8a. da-ta　　　　huhucmasi bonɨ　<u>to／*ta</u>　tacɨmɨ

[主事焦點-他 每天　　吃　　斜格　　香蕉]

'他習慣每天吃香蕉'

b. pan <u>to / *ta</u>　tposɨ　　eon　　　to / ta　　pangka

[有　斜格　　　書　　　　在　　　斜格　　　桌子]

'有一本書在桌子上'

（3）co 和 nca 的語意

　　co 和 nca 隨著其後的名詞所表示的參與者之說話者無法指示，可用聲音來辨識的。例句如下：

9a. mo　　　　　mongsi　　　　<u>co</u>　　　　oko

[非主事焦點　哭　　　　　　主格　　　小孩]

'（我聽到）小孩在哭'

b. mo　　　　　　eon　　　　<u>nca</u>　　　hopo　　　ho

[非主事焦點　在　　　斜格　　　床　　　　和

mongsi　　　　co　　　oko

哭　　　　　主格　　　小孩]

'（我聽到）小孩在床上哭'

（4）　na 和 no 的語法分布和語意

　　na 和 no 隨著其後的名詞所表示的參與者之說話者無法指示、也無法辨識的，因此該格位標記不能跟一個固定的名詞一起出現。試比較：

10a. mo　　　　　mongsi　　　　<u>'e</u>　　　oko

[主事焦點　　哭　　　　　　主格　　　小孩]

'小孩在哭'

b. mo   mongsi   'e   oko-su
    [主事焦點   哭   主格   小孩-你的]
    '你的小孩在哭

c. mo   mongsi   na   oko
    [主事焦點   哭   主格   小孩]
    '（有個）小孩在哭'

d. *mo   mongsi   na   oko-su
    [主事焦點   哭   主格   小孩-你的]

11a. mcoo   ta   ino
     [眼睛   斜格   媽媽]
     '媽媽的眼睛'

b. mcoo   ta   ino-'u
    [眼睛   斜格   媽媽-我的]
    '我媽媽的眼睛'

c. mcoo   no   ino
    [眼睛   斜格   媽媽]
    '（任何）媽媽的眼睛'

d. *mcoo   no   ino-'u
    [眼睛   斜格   媽媽-我的]

　　既然 na 和 no 只能出現在一個無固定的名詞（組）前，該格位標記通常出現在疑問句中，而不能跟其他格位標記交換，比較 (12a-b) 和 (13a-b)：

12a. cuma　<u>na</u>　　　i-si　　　　ana ta　　小孩]

　　[什麼　主格　　　非主事焦點-他　吃　斜格　oko

　　'小孩吃什麼？'

　b. *cuma <u>'e / si / ta</u>　i-si　　　　ana ta　　oko

　　[什麼　主格　　　非主事焦點-他　吃　斜格　小孩]

13a. mo　　　bonɯ　<u>no</u>　　cuma　'e　　oko

　　[主事焦點　吃　　斜格　　什麼　主格　小孩]

　　'小孩吃什麼？'

　b. *mo　　　bonɯ　<u>ta / to</u>　cuma　'e　　oko

　　[主事焦點　吃　　斜格　　什麼　主格　小孩]

（5）　ne 只出現在表地方的名詞前面，通常可以跟 ta , to 交換。雖然該格位標記的分布與用法很有限，但可把它當做斜格格位標記。例句如下：

14a. tena　　　　eon <u>ne</u>　　pnguu　'e　　mo'o

　　[非主事焦點　在　斜格　　地名　　主格　　男子名]

　　'mo'o 會在來吉'

　b. tena　　　　eon <u>ta</u>　　pnguu　'e　　mo'o

　　[主事焦點　在　斜格　　地名　　主格　　男子名]

　　'mo'o 會在來吉'

　c. tena　　　　eon <u>to</u>　　pnguu　'o　　mo'o

　　[主事焦點　在　斜格　　地名　　主格　　男子名]

　　'mo'o 會在來吉'

（6）鄒語還有一個符號 ci ，沒有在以上的表列出來。

我們在此不把 ci 當做格位標記的原因在於，其符號的分布與一般的格位標記有所不同。 ci 可出現在否定存在句，但不能跟其他的格位標記交換。另外， ci 可出現在名詞修飾語和名詞之間，但不能出現在兩個名詞之間。比較以下的例句：

15a. uk'a   <u>ci</u> / *<u>ta</u> / *<u>to</u>   peisu

     [沒有   的／斜格   錢]

     '沒有錢'

   b.   mo   eobako   <u>ta</u> / <u>to</u> / *<u>ci</u>   oko

     [主事焦點   打   斜格／*的   小孩

     'e   amo

     主格   爸爸]

     '爸爸打小孩'

16a. enghova   <u>ci</u> / *<u>ta</u> / *<u>to</u>   mcoo

     [藍色   的   斜格   眼睛]

     '藍色的眼睛'

  b.   mcoo   *<u>ci</u> / <u>ta</u> / <u>to</u>   ino

     [眼睛   的   斜格   媽媽]

     '媽媽的眼睛'

三、代名詞系統

代名詞可分為人稱代名詞、物主代名詞、指示代名詞和疑問代名詞四大類，以下分別討論之。

人稱代名詞

鄒語的人稱代名詞可分為三套：主格、屬格和中性格，如下表所示：

表 4.5 鄒語的人稱代名詞系統

人稱代名詞			自由式	附　著　式	
數	人	稱	中性格	主　格	屬　格
單	一		a'o	-'o, -'u	-'o, -'u
	二		suu	-su, -ko	-su, -ko
	三	看得見	taini	-ta	-ta, -taini
數		看不見	ic'o	--	-si
複	一	包含式	a'ati	-to	-to
		排除式	a'ami	-mza	-mza
數	二		muu	-mu	-mu
	三	看得見	hin'i	-hin'i	-hin'i
		看不見	hee	--	-he

（1）代名詞形式說明

鄒語的人稱代名詞有以下的特性：

（1）可區分自由式和附著式兩種代名詞。前者分布較自由，可出現在動詞後或助動詞前，出現在句首時，表示一種強調的意思；後者必須附加在助動詞或名詞後，不能出現在句首，也不能出現在動詞後。比較 (1)-(2)。可把附

著式代名詞當作後綴，因爲通常重音落在倒數第二個音節，而該代名詞附加在助動詞或名詞後，重音還是落在（新）字的倒數第二音節，例句： ino '媽媽'對 ino-'u '我的媽媽'； tena '將'對 tena-ta '他將'。

1a. na　　a'o　　zou　　mo'o
　　[主　　我　　是　　男子名]
　　'我（就）是 mo'o'

 b. zou　　mo'o　　na　　a'o
　　[是　　男子名　主格　我]
　　'我是 mo'o'

2a. mo-'u　　　　baito　to　　oko-su
　　[主事焦點-我　看　斜格　小孩-你的]
　　'我看到你的小孩'

 b. *'u mo　　　baito　to　　oko-su
　　[我　主事焦點　看　斜格　小孩-你的]

 c. *mo　　baito-'u to　　oko-su
　　[主事焦點　看-我　斜格　小孩-你的]
　　'我看到你的小孩'

（2）第一人稱主格和屬格代名詞有兩種： -'u 和 -'o 。前者出現在後元音 /a, o, u/ 之後；而後者出現在前元音 /e, i, ʉ/ 之後。比較 (3a-b)：

3a. amo̠-'u　　　　/ *amo̠-'o

　　[爸爸-我的　　/ 爸爸-我的]

　　'我的爸爸'

  b. tacɨmɨ-'o / * tacɨmɨ-'u

　　[香蕉-我 / 香蕉-我的]

　　'我的香蕉'

（3）第一人稱區分爲包含式和排除式兩種：前者包括講話者與聽者；後者只包括講話者而不包括聽者，如：

4a. i-to　　　　　　　　　pa-peonsi　　　na　　　　taini

　　[非主事焦點-咱們　　叫-酋長　　　主格　　　他]

　　'咱們叫 / 選他當酋長'

  b. i-mza　　　　　　　　pa-peonsi　　　na　　　　taini

　　[非主事焦點-我們　　叫-酋長　　　主格　　　他]

　　'我們叫 / 選他當酋長'

（4）一般台灣南島語言，不但不會把第三人稱之主格代名詞和屬格代名詞分爲單數和複數兩種，而通常也沒有第三人稱主格附著式代名詞。鄒語有所不同，鄒語的第三人稱主格代名詞和屬格代名詞均可區分單數和複數兩種。在非主事者焦點子句，這兩類代名詞可指示「看得到」或「看不到」的參與者；但在主事者焦點句子裡，表示「看不到」之代名詞不能出現。若要指一個不在場的參與者，就必須用 mo（或 moso），換句話說，在主事者焦點子句裡，人

稱代名詞不必出現，而在非主事者焦點句子裡，該代名詞必須出現在助動詞之後。比較 (5-8)：

5a.　moh-<u>ta</u> / -<u>hin'i</u>　　　　　mosi　　ta　　　pangka
　　　[主事焦點-他 / 他們　　　放　　斜格　　桌子
　　　to　　　emi
　　　斜格　　酒]
　　　'他（們）（看得見）把酒放在桌子上'

　b.　*mo-<u>si</u> / -<u>he</u>　　　　　　mosi　　ta　　　pangka
　　　[主事焦點-他 / 他們　　　放　　斜格　　桌子
　　　to　　　emi
　　　斜格　　酒]

6a.　<u>i-ta</u> / <u>-hin'i</u>　　　　　　sia　　ta　　　pangka
　　　[非主事焦點-他 / 他們　　放　　斜格　　桌子
　　　'o　　　emi
　　　主格　　酒]
　　　'他（們）（看得見）把酒放在桌子上'

　b.　<u>i-si</u> / <u>-he</u>　　　　　　　sia　　ta　　　pangka
　　　[非主事焦點-他 / 他們　　放　　斜格　　桌子
　　　'o　　　emi
　　　主格　　酒]
　　　'他（們）（看不見）把酒放在桌子上'

7a.　<u>mo</u>　　　eobako　to　　oko　　（'o　　amo）
　　　[主事焦點　打　　斜格　孩子　（主格　爸爸）]

'（爸爸／看不到）打孩子'

b. <u>mi-ta</u>　　　eobako　　　ta　　　oko
[主事焦點-他打　　　　斜格　　　孩子]
'他（看得到）打孩子'

8a. <u>i-ta</u>　　　eobaka (ta　　amo)　'e　　oko
[非主事焦點-他 打　　斜格　爸爸　主格　孩子]
'爸爸打孩子'（=孩子被爸爸打）

b. *<u>i</u>　　　eobaka (ta　　amo)　'e　　oko
[非主事焦點　　打　　斜格　爸爸　主格　孩子]
'爸爸打孩子'（=孩子被爸爸打）

（5）屬格的第三人稱代名詞有 -ta 和 -taini 兩種。前者出現在助動詞後，而後者附加在名詞之後。比較 (12a-b).

9a. i-ta／*i-taini
[非主事焦點-他／非主事焦點-他的]
'他…'

b. amo-taini／*amo-ta
[爸爸-他的／爸爸-他]
'他爸爸'

綜合上述，可把鄒語的（附著）代名詞和助動詞的共存限制列表如下：

表 4.6 鄒語的人稱代名詞和助動詞的共存限制
（注意：“＋”表示出現；“－”表示不出現。）

代名詞 助動詞	-'o	'u	-su	-ko	-ta	-si	-mza	-mu	-hin'i	-he
mi-	＋	－	＋	＋	＋	－	＋	＋	＋	－
mio	－	－	－	－	－	－	－	－	－	－
mo	－	－	－	－	－	－	－	－	－	－
mo(h)-	－	＋	＋	＋	＋	－	＋	＋	＋	－
moso	－	－	－	－	－	－	－	－	－	－
i-	＋	－	＋	＋	＋	＋	＋	＋	＋	＋
o(h)-	－	＋	＋	－	＋	＋	＋	＋	＋	＋
te	＋	－	＋	＋	＋	＋	＋	＋	＋	＋
tena	－	＋	＋	＋	＋	＋	＋	＋	＋	＋
ta	－	＋	＋	＋	＋	＋	＋	＋	＋	＋
nte	＋	－	＋	＋	＋	＋	＋	＋	＋	＋
nto(h)-	－	＋	＋	－	＋	＋	＋	＋	＋	＋
ntoso	－	－	－	－	－	－	－	－	－	－

（２）代名詞分布、語法和語意功能

（１）主格代名詞

　　主格代名詞是當做句子的主語，表主事者或經驗者，
例如：

10a. mo-'u　　　　　yuevaho　to　　peisu　to　　oko
　　[主事焦點-我　借　　斜格　錢　斜格 小孩]
　　'我借給小孩錢'

　b. mo-su　　　　mavo　　ta　　　　pingi
　　[主事焦點-你開　　斜格　　　門]

'你開（了）門'

（2）屬格代名詞

屬格代名詞有兩種功能：

1. 屬格代名詞可標示所有關係中的所有者。那時就會附著在名詞詞組後，因此沒有任何句法功能，例句如下：

11a. oko-'u

[小孩-我的]

'我的小孩'

b. chumu-su

[水-你的]

'你的水'

2. 此外，屬格代名詞在非主事者焦點重心的結構中，可用以標示主事者，此時就會附著在助動詞後。如果講話者為第三人稱，通常在句子中會同時出現一個和該代名詞同指涉的名詞組。例句如下：

12a. i-'o　　　　yuevahi　to　　peisu　'o　　oko

[非主事焦點-我 借　　斜格　　錢　主格　小孩]

'我借給小孩錢'

b. o-ta$_i$　　　　pavi　ta　　amo$_i$　si　　pingi

[非主事焦點-他 開　　斜格　爸爸　主格　門]

'他把門打開'

由以上的例句，可發現主格人稱代名詞在主事者焦點

重心的結構，而屬格在非主事者焦點重心的結構中都是用以標示主事者。

（3）中性代名詞

　　自由式中性代名詞可出現在句首當主題，如 (16a)。當它是文法主詞時，可以有主格格位標記 na 出現在該代名詞前，但當它是非文法主詞時，不能跟斜格格位標記 ta 或 to 一起出現。比較 (13a-c)。

13a. <u>na</u>　　a'o　　　　zou　　　　depemos'os'o
　　　[　我　　　　是　　　　醫生]
　　　'我是醫生'

 b. o-su　　　　　　　eobaka　　(<u>na</u>)　　　　a'o
　　[非主事焦點-你　打　　　（主格）　　我]
　　'我被你打（過）'

 c. mo-su　　　　　　eobako　　Ø / *ta / *to　　　a'o
　　[非主事焦點-你　打　　　Ø / *斜格　　　　我]
　　'你打我'（過去）

物主代名詞

　　鄒語的物主代名詞，如下表所示：

表 4.7 鄒語的物主代名詞系統

數	人	稱	物主代名詞
單	一		nuu'u
	二		nuusu
數	三	看得見	—
		看不見	nuusi
複	一	包含式	nuuto
		排除式	nuumza
	二		nuumu
數	三	看得見	nuuhin'i
		看不見	nuuhe

　　鄒語的物主代名詞是自由式,跟一般人稱代名詞有相似的句法分布。例句如下:

14a. nenu　　　na　　　nuusu, nenu　　　na　　　nuu'u ?

　　　[哪一個　主格　你的　哪一個　主格　我的]

　　　'你的是哪一個?我的是哪一個?'

　b. mo　　　eon ta　　pangka　si　　　nuusu

　　　[主事焦點　在　斜格　桌子　　主格　你的]

　　　'你的在桌子上'

指示代名詞

　　鄒語指示代名詞,包括: eni '這'、 taini '他(看得見)'、 ic'o '他(看不到)'、 sico '他'、 tonoi '他(距離比較遠)'、tan'e '這(裡)'、ta'e '那(裡)' 等代名詞(請進一步參考 Szakos 1994:82-89)。例句如下:

15a.o'a <u>eni</u> c'o　　'e　　dea-'u peedʉ　　e'e

　　[不 這 只　　主格　　會我　　能　　說]

　　'只有這（個）我（才）不會說'

b. o'a zou s'a yatatiskova　　no　　cou na　　<u>taini</u>

　　[不 是　　人　　斜格　　鄒 主格　　他]

　　'他不是鄒族的人'

c. na　　<u>ic'o</u>　　'a　　amo-si

　　[主格　　他　　就　　爸爸-他]

　　'他（就）是他爸爸'

d. ('a)　　oko-'u　　na　　<u>sico</u>

　　[（就）　　小孩-我的　　主格　　他]

　　'他（就）是我的小孩'

e. da-ta　　c'o <u>tonoi</u> kaebʉ　　ho da

　　[主事焦點-他只 他　　喜歡　　而 主事焦點

　　etamaku

　　抽煙]

　　'只有他喜歡抽煙'

f. mo　　meoisi　　'e　　mo

　　[主事焦點　　大　　主格　　主事焦點

　　kua'onga ci ngiao　　<u>tan'e</u>

　　黑　　的 貓　　這（裡）]

　　'這個黑色貓很大'

g. tena-ta-n'a　　　　eobaka　ta　　oko　　ta'e

[非主事焦點-他-還　打　　　主格　小孩　那（裡）]

'他還要再打那個小孩'

疑問代名詞

鄒語疑問代名詞包括 sia '誰／誰的'、 cuma '什麼'、 nenu '哪一個／何處'，將於本章第九節進一步地討論。例句如下：

16a. zou　　　sia　　　na　　　suu ？

[是　　　誰　　　主格　　你]

'你是誰？'

b. zou　　tpos‍ʉ　　no　　sia　　eni ？

[是　　書　　斜格　　誰　　這]

'這是誰的書？'

c. cuma　　　　na　　te-ko　　　　ana ？

[什麼　　　　主格　　非主事焦點-你　吃]

'你要吃什麼？'

d. te-ko　　　bonʉ　　no　　cuma ？

[主事焦點-你　吃　　斜格　什麼]

'你要吃什麼？'

e. nenu　　na　　i-ko　　　　phieni ci　emoo ？

[哪一個　主格　非主事焦點-你　買　的　房子]

'你買的是哪一個房子？'

四、焦點系統

在大多數的台灣南島語言中，主語是由動詞的詞綴來標示之，而通常句子中的主語所代表的參與者可能為：（一）主事者；（二）受事者；（三）處所；（四）周邊參與者，包括表工具、受惠者等。一般來說，這四種焦點會隨著句子為肯定陳述句或否定陳述句、肯定祈使句或否定祈使句，在動詞上會有不同的標示。但鄒語跟其他台灣南島語有所不同，動詞的標示在不同的句子結構中永遠不會改變，因為「焦點」由助動詞和動詞同時表示之。鄒語的焦點系統如下表：

表 4.8 鄒語的焦點系統

焦　　點	焦　點　詞　綴
主事焦點	mo-, mɯ-, m-, -m-, b-, Ø
受事焦點	-a
處所焦點	-i
工具焦點／受惠者焦點	-(n)eni

※　注意：不是每一個動詞含有這四種焦點詞綴。比較 (1a-d)。

1a.　os-'o　　　　ɯmnɯa　　　　　　'o　　　　mo'o

　　　[非主事焦點-我　喜歡-受者焦點　　主格　　　男子名]

　　　'我喜歡 mo'o'

　b.　*mi-'o　　　ɯmnɯ-Ø　　　　ta　　　mo'o

　　　[主事焦點-我 喜歡-主事焦點　　斜格　　　男子名]

'我喜歡 mo'o'

c. mi-'o　　　　m-aicingi　　　　ta　　　　mo'o

[主事焦點-我 主事焦點-喜歡　　斜格　　　男子名]

'我喜歡 mo'o'

d. os-'o　　　　　　taicing-i　　　　'o　　　mo'o

[非主事焦點-我　　喜歡-處所焦點　　主格　　　男子名]

'我喜歡 mo'o'

以下為含每一個焦點符號的例句（劃底線者為焦點符號，粗體部份表焦點重心的代名詞或名詞組）：

mo-（如：mo-si '放'，mo-fi '給'）

2a. 主事焦點

mo　　　　　mo-si　　　　ta　　　　pangka　to

[主事焦點　　主事焦點-放 斜格　　　桌子　　斜格

emi　　　**'o**　　　**amo**

酒　　　主格　　　爸爸]

'爸爸把酒放在桌子上'

b. 受事焦點

i-si　　　　　si-a　　　　　　ta

[非主事焦點-他　放-受事焦點　　　斜格

pangka　to　　　amo　　**'o**　　**emi**

桌子　　斜格　　爸爸　　主格　　酒]

'爸爸把酒放在桌子上'

c. 處所焦點

i-si	si-i̱	ta	amo
[非主事焦點-他	放-處所焦點	斜格	爸爸

ta	emi	'e	pangka
斜格	酒	主格	桌子]

'爸爸把酒放在桌子上'

d. 受惠者焦點

i-si	si-eni	ta	emi
[非主事焦點-他	放-受惠者焦點	斜格	酒

ta	amo
斜格	爸爸]

'爸爸把酒保留給（別人）'

3a. 主事焦點

mi-'o	mo-fi	to	peisu	ho
[主事焦點	主事焦點-給	斜格	錢	當

os-'o	fa-eni	to	yangui
非主事焦點-我	給-工具焦點	斜格	女子名]

'我給 yangui（一些）錢'

b. 處所焦點

i-'o	fi-i̱	to	peisu
[非主事焦點-我	給-處所焦點	斜格	錢

'o	yangui
主格	女子名]

'我是給 yangui 錢'

c. 受惠者焦點

i-'o　　　　　　fa-<u>eni</u>　　　　　ta　　　yangui

[非主事焦點-我　給-工具焦點　　　斜格　　女子名

'o　　　**peisu**

主格　　　錢]

'錢是由我給 yangui 的'

m-（如：　m-imo '喝'）

4a.　主事焦點

mo-**'u**　　　　<u>m</u>-imo　　　　　　to　　　emi

[主事焦點　　　主事焦點-喝　　　斜格　　酒]

'我喝（過）酒'

b.　受事焦點

o-'u　　　　　　　im-a　　　　　　**'o**　　　**emi**

[非主事焦點-我　喝-受事焦點　　　主格　　酒]

'我把酒喝（了）'

-m-（如：　t-m-eaphʉ '放'，　c-m-ofu '包起來'）

5a.　主事焦點

mo　　　　t-<u>m</u>-eaphʉ　　　to　　oko　　ta

[主事焦點　　　主事焦點-放　斜格　小孩　　斜格

skayʉ　　**si**　　**ino**

搖籃　　主格　　媽媽]

'媽媽把孩子放在搖籃裏'

b. 受事焦點

i-si	teaph-a	to	skayɨ
[非主事焦點-他	放-受事焦點	斜格	搖籃

to	ino	'o	oko
斜格	媽媽	主格	小孩]

'孩子被媽媽放在搖籃裏'

c. 處所焦點

i-si	teaph-i	to	oko
[非主事焦點-他	放-處所焦點	斜格	小孩

ta	ino	'e	skayɨ
斜格	媽媽	主格	搖籃]

'搖籃是媽媽放孩子的地方'

d. 受惠者焦點

i-si	teaph-neni	ta	tacɨmɨ
[非主事焦點-他	放-處所焦點	斜格	香蕉

to	ino	'e	oko
斜格	媽媽	主格	小孩]

'媽媽爲孩子裝香蕉'

6a. 主事焦點

mo	c-m-ofu	to	yoskɨ	'o
[主事焦點	主事焦點-包	斜格	魚	主格

　　mameoi

　　老人]

　　'老人把魚包起來'

b.　受事焦點

　　i-si　　　　　　　　cfu-<u>a</u>　　　　to　　　　mameoi

　　[非主事焦點-他　包-工具焦點　斜格　　老人

　　'o　　　　**yosk<del>u</del>**

　　主格　　　魚]

　　'老人把魚包起來'

c.　工具焦點

　　i-si　　　　　　　　cfu-<u>eni</u>　　　　　to　　　　yosk<del>u</del>

　　[非主事焦點-他　包-工具焦點　　　斜格　　魚

　　'o　　　**h<del>u</del>ng<del>u</del>**　to　　　mameoi

　　主格　　　葉子　　斜格　　老人]

　　'老人用葉子把魚包起來'

b-　（如：b-on<del>u</del>　'吃'，b-aito　'看'）

7a.　主事焦點

　　mo　　　　　　　**b-on<del>u</del>**　　　ta　　　f^uue　　　**'e**

　　[主事焦點　　主事焦點-吃　斜格　　地瓜　　主格

　　oko

　　小孩]

　　'小孩在吃地瓜'

b. 受事焦點

i-si　　　　　　　an-<u>a</u>　　ta　　　oko

[非主事焦點-他　　吃-受事焦點　斜格　　小孩

'o　　　f'ue

主格　　地瓜]

'小孩把地瓜吃掉'

8a. 主事焦點

mo　　　　　　<u>b</u>-aito　　　　　ta　　　yangui

[主事焦點　　主事焦點-看　　斜格　　女子名

'e　　　mo'o

主格　　男子名]

'mo'o 在看 yangui'

b. 處所焦點

i-si　　　　　　　ait-<u>i</u>　　　　ta　　　mo'o

[非主事焦點-他　　看-處所焦點　斜格　　男子名

'o　　　yangui

主格　　女名]

'mo'o 看了 yangui'

c. 受惠者焦點

i-si　　　　　　　ait-<u>neni</u>　　　no　　　yʉsʉ

[非主事焦點-他　　看-受惠事焦點　　斜格　　衣服

ta　　　ino　　　**'o　　　oko**

斜格　　媽媽　　主格　　小孩]

'媽媽爲小孩看衣服（好不好）'

∅-（如： eobako '打'， to'so '丟'）

9a.　主事焦點

moh-**ta**　　　　　eobako-∅　　　to　　　mo'o

[主事焦點-他　　打-∅　　　斜格　　　男子名]

'他打（過）mo'o'

b.　受事焦點

i-ta　　　　　　eobak-<u>a</u>　　　**'o**　　　**mo'o**

[非主事焦點-他　　打-受事焦點　主格　　男子名]

'他打（過）mo'o'

c.　受惠者焦點

i-ta　　　　　　eobak-<u>neni</u>　　　to　　　mo'o

[非主事焦點-他　　打-受惠者焦點　　斜格　　　男子名

'o　　　　**yangui**

主格　　　女子名]

'mo'o　爲 yangui 打（過）別人'

10a.　主事焦點

mi-ta　　　　to'so-∅　to　　　fatu　　　ne

[主事焦點-他丟-∅　　斜格　　石頭　　斜格

c'oeha

河]

'他丟石頭到河裏'

b. 處所焦點

i-ta		to's-i	to	fatu
[非主事焦點-他	丟-處所焦點	斜格	石頭

'o   **c'oeha**

主格   河]

'河是他丟石頭的地方'

c. 工具焦點

i-ta		to's-<u>eni</u>	ne	c'oeha
[非主事焦點-他	丟-工具焦點	斜格	河

'o   **fatu**

主格   石頭]

'石頭被他丟到河裏'

五、時貌（語氣）系統

一般台灣南島語時貌的呈現有兩種方法表示之，一種是利用動詞的詞綴（包括焦點符號）或重疊，另一種則是藉由時間副詞。鄒語有所不同，時貌的呈現由助動詞來表示之。

鄒語的時貌可分爲實現和非實現兩種，其中實現又可分成標示：過去發生或已完成的事件及正在進行的事件。而非實現可指未來可能會發生的事件，過去原來該發生但是沒有發生的事件，或習慣性的事件以下分別討論之。

　　為了認識鄒語的時貌系統，而進一步瞭解實現和非實
現的相同點，我們在這裡會利用「遠隔」和「臨近」的對
立，來區分鄒語的助動詞，如下所表：

表 4.9　鄒語的時貌系統

	實　現　式		非　實　現　式			
	主事者焦點	非主事者焦點	主事者焦點　或　非主事者焦點			
			習慣性	未來	假設	違反事實
臨近	mio, mo, mi-	i-	da	te, tena	nte	ntoso, nto(h)-
遠隔	moso, mo(h)-	o(h)-		ta		

實現

　　實現的事件，由 moso, mo(h), o(h)- 和 mo, mio, mi-,
i- 兩類助動詞來標示之，分別在於前者所指的是遠隔的
事件，而後者所指的是臨近的事件。但鄒語與其他台灣南
島語不同點，在於如句子中不出現任何時間副詞，說話者
／聽話者還是可決定事件是否過去已經發生或正在發生。
例句如下（我們在第三部份已經指出有些助動詞，如：
moso, mo, mio 不能接任何代名詞）：

1a.　<u>moso</u>　　　　　bonɨ　　　to　　　　tacɨmɨ
　　　[實現／遠隔　　吃　　　斜格　　香蕉]
　　　'（他）吃（過）香蕉'

b. <u>moh</u>-ta　　　　bonʉ　　to　　tacʉmʉ

[實現／遠隔-他　吃　　斜格　　香蕉]

'（他）吃（過）香蕉'

c. <u>oh</u>-ta　　　　ana　　'o　　tacʉmʉ

[實現／遠隔-他　吃　　主格　　香蕉]

'（他）吃（過）香蕉'

2a. <u>mo</u>　　　　　bonʉ　　ta　　tacʉmʉ

[實現／臨近　　吃　　斜格　　香蕉]

'（他）在吃香蕉'

b. <u>mio</u>　　　　bonʉ　　ta　　tacʉmʉ

[實現／臨近　　吃　　斜格　　香蕉]

'（他）在吃香蕉'

c. <u>mi</u>-ta　　　　bonʉ　　ta　　tacʉmʉ

[實現／臨近-他　吃　　斜格　　香蕉]

'他在吃香蕉'

d. <u>i</u>-ta　　　　　ana　　si　　tacʉmʉ

[實現／臨近-他　吃　　主格　　香蕉]

'他在吃香蕉'

　　有關遠隔和臨近助動詞的分布，有幾處值得注意：

1. 遠隔助動詞可以跟表示某個事件過去已經發生的：
（i）副詞，如： nehucma '昨天'、 netaseona '（今天）
早上' 等；或（ii）時貌標記 da 一起出現，而臨近助
動詞不可以。比較 (3)-(4)：

3a. <u>moso</u>　　　　　mʉchʉ　　　　**netaseona**

　　[實現／遠隔　　下雨　　　　今天早上]

　　'今天早上下（過）雨'

　b. <u>o-'u</u>　　　　　ana 'o　　tacʉmʉ　　**nehucma**

　　[實現/遠隔-我　　吃　主格　　香蕉　　昨天]

　　'我昨天吃過香蕉'

　c. <u>moh</u>-ta　　　　**da**　smovei　ta　　　oko

　　[實現／遠隔-他　過　背　　斜格　　小孩]

　　'他背過小孩'

4a. *<u>mo</u>　　　　mʉchʉ　　　　**netaseona**

　　[實現／遠隔　下雨　　　　今天早上]

　b. *<u>i-'o</u>　　　　ana 'o　　tacʉmʉ　　**nehucma**

　　[實現／臨近-我　吃　斜格　　香蕉　　昨天]

　c. *<u>mi</u>-ta　　　　**da**　smovei　ta　　　oko

　　[實現／臨近-他　過　背　　斜格　　小孩]

2. 有些遠隔和臨近助動詞 moh-, oh- 和 mi-, i- 可以跟 cu
　一起出現，但是句子意思不同。比較 (5a-b)

5a. <u>moh</u>-ta　　　**-cu**　　　bonʉ　　to　　　tacʉmʉ

　　[實現／遠隔-他-已經　　吃　　斜格　　香蕉]

　　'他吃了香蕉（然後…）'

　b. <u>mi</u>-ta　　　　**-cu**　　bonʉ　　ta　　tacʉmʉ

　　[實現／臨近-他　-已經　吃　　斜格　　香蕉]

　　'他已經在吃香蕉'

　　有些助動詞，如： moso, mo 和 mio 不能跟 -cu 一起出現，參見 (6a-b)。規則如下：

6a. moso　　>　　moh- / __ -t / -c

　b. mio~mo　>　　mi- / __ -t / -c

（t- 代表人稱代名詞； -to '咱們'； ta '他'；c- 代表時貌附詞-cu）

例句如下：

7a. *moso　　　　-cu　　eobako　ta　　oko

　　[實現／遠隔 -已經　　打　　斜格　　小孩]

　b. moh　　　　-cu　　eobako　ta　　oko

　　[實現／遠隔 -已經　打　　斜格　　小孩]

　　'（他那時候）已經打過小孩'

8a. *mo　　　　-cu　　eobako　ta　　oko

　　[實現／臨近 -已經　打　　斜格　　小孩]

　b. *mio　　　　-cu　　eobako　ta　　oko

　　[實現／臨近 -已經　打　　斜格　　小孩]

　c. mi　　　　-cu　　eobako　ta　　oko

　　[實現／臨近 -已經　打　　斜格　　小孩]

　　'（他）已經在過小孩'

　　由以上的例句，也可發現 mo(h)- 和 mo- 的語意功能不同：前者指出過去已經發生的事件，而後者指出現在正在發生或剛發生的事件。

3. 遠隔和臨近助動詞 moso, moh-, oh- 和 mio, mo, mi-, i- 都可以跟 -n'a 一起出現，但是句子之意不同。比較

(9a-b)：

9a. <u>moso</u>　　　　**-n'a**　　　eobako　ta　　　oko

　　[實現／遠隔 -還　　　打　　　斜格　　小孩]

　　'他（那時候）還在打小孩'

　b. <u>mo</u>　　　　　**-n'a**　　　eobako　ta　　　oko

　　[實現／臨近 -還　　　打　　　斜格　　小孩]

　　'他（到現在）還在打小孩'

非實現

　　至於非實現的事件，則由 te 、 ta 、 tena 、 nte 和 nto(h)- 、 ntoso 兩類助動詞來標示之，分別在於前者指未來可能會發生的事件，而後者指過去沒有發生的事件；同時，可以因事件是表遠隔或臨近，再各細分。例句如下：

10　未來

　a. <u>te-'o</u>　　　**-n'a**　　etamaku

　　[會-我　　還　　　抽煙]

　　'我（馬上）還要抽煙'

　b. <u>ta-'u</u>　　　**-n'a**　　etamaku

　　[會-我　　還　　　抽煙]

　　'我（等一會）還要抽煙'

11　假設

　a. honci　　yaa　　peisu　　<u>nte-'o</u>　mihia　emoo

　　[如果　　有　　錢　　　會-我　　買　　房子]

'如果我有錢，我會買房子'

b. upena　　hoci　　mʉchʉ,　nte-ta　　c'o　　moyafo

[連　　　如果　　下雨　　會-他　　只　　　出去]

'連（等一下）下雨天他還是會出去'

12　違反事實

a. honci　　yaa peisu　　nto-'u　　　　mihia　　emoo

[如果　　有　錢　　　早就會-我　　買　　　房子]

'假如我有錢，我早就會買房子了'

b. upena　　hoci　　mʉchʉ　nehucma,　　ntoh-ta　　c'o

[不管　　如果　　下雨　　昨天　　　　早會-他　只

moyafo

出去]

'如果昨天下雨，他還是會出去'

　　有關遠隔和臨近助動詞的分布，有幾處值得注意：

1. ntoso 和 moso 有相同的分布： ntoso 不能接任何附
詞（如人稱代名詞，或時貌標記 –cu '已經'）。

2. ntoso, ntoh-, nte, te, ta-, tena 都可以跟 -c'u, -n'a 和 da
一起出現，但是句子意思不同。注意：鄒語有兩個 da ，
而這兩個 da 的句法和語意功能不同。第一個 da 通常
出現在句首，表示習慣性的事件；第二個 da 出現在動
詞前，表示事件已過去。如： da 和 ntoso 或 da 和 ntoh
一起出現，就指示過去的事件；但如 da 和 te, tena, ta-
等一起出現就表示習慣性的事件。

3. 以上，我們指出 te- 可表未來的事件。該助動詞也可
　指說話者有意願做的未來事件，或叫別人做的事。參
　見例句 (13) 和 (14)：

13a. o'a <u>te</u>-'o　　mimo　　ta　　　emi

　　[不 會-我　　喝　　　斜格　　酒]

　　'我不想／要喝酒'

　b. o'-<u>te</u>-'o　　　mimo　　ta　　　emi

　　[不-會-我　　　喝　　　斜格　　酒]

　　'我竟然沒喝酒'

14a. <u>te</u>　　　　mimo　　ta　　　　emi　！

　　[會　　　喝　　　斜格　　　酒]

　　'要喝酒！'

　b. '<u>o-te</u>-su mongoi, ta-'u　　pa-mihia　　　tposɨ

　　[別-你　走　　　將-我　　讓-買　　　　書]

　　'你別走，我要你（幫）我買書'

　c. <u>te</u>-av'a　ima　　　ta　　　emi

　　[別　　喝　　主格　　酒]

　　'別喝酒！'

習慣性助動詞

　　至於表示習慣性的事件，則由 da 來標示之。通常 da
出現在句首，但如果事件所表的是過去或未來， da 就出
現在 mo(h)- 或 te 之後。例句如下：

15a. da-ta   huhucmasi   eobako   to   oko

[習慣-他   每天   打   斜格   小孩]

'他每天打小孩'

b. **moh**-ta   da   huhucmasi   eobako

[主事焦點-他 習慣   每天   打

to   oko

斜格   小孩]

'他（過去）每天打小孩'

c. **te**-ta   da   huhucmasi   eobako

[主事焦點-他 習慣   每天   打

to   oko

斜格   小孩]

'他（以後）每天會打小孩'

表習慣的 da 可以跟 -cu '已經'或是跟 -n'a '還'一起出現，但不能跟表示事件過去已發生的 da 一起出現。因為它們的分布和語意功能不同，因此我們認為表習慣的 da 和表過去的 da 不同。例句如下：

16a. da-ta   **-cu**   eobako   to   oko

[習慣-他-已經   打   斜格   小孩]

'他已經習慣常常打小孩'

b. da-ta   **-n'a**   eobako   to   oko

[習慣-他-還   打   斜格   小孩]

'他還常常打小孩'

c. *da-ta **da** eobako to oko

[習慣-他 過 打 斜格 小孩]

鄒語的助動詞和時貌標記的共存限制可如下表所示：

表 4.10 鄒語助動詞和時貌標記的共存限制

時貌標記 助動詞	-cu 已經	-c'u 已經	-n'a 還	da 過
moso	－	－	＋	＋
moh-	＋	－	＋	＋
mo	－	－	＋	－
mio	－	－	＋	－
mi-	＋	－	－	－
i-	＋	－	＋	－
oh-	＋	－	＋	＋
te	－	＋	＋	－
ta	－	＋	＋	－
tena	－	＋	＋	－
nte	－	＋	＋	－
nto	＋	－	＋	＋
ntoso	－	－	＋	＋
da	＋	＋	＋	－

六、存在句（所有句、方位句）結構

本節將探討鄒語的存在句、所有句和方位句結構。

不同動詞（ pan '有', eon '在', yaa '有'）出現在存在句、方位句和所有句，而該句子結構不太一樣。 pan 出現在存在句，也可以出現在所有句。 pan 與一般動詞或助動詞不同，它出現在句首當謂語，但我們還無法決定所成的句子是否名詞子句。方位句和所有句都是動詞子句，而 eon 和 yaa 出現在助動詞之後。例句如下：

1a. 存在句

<u>pan</u> to mo con ci evi ci
[有 斜格 主事焦點 一 的 樹 的

mo bicibi to emoo
實現 旁邊 斜格 房子]

'房子旁邊有一棵樹'

b. 方位句

mo <u>eon</u> ta skayu 'e
[主事焦點 在 斜格 搖籃 主格

oko ho mo oengutu
孩子 和 現 睡]

'嬰孩在搖籃裏睡'

c. 所有句

mi-'o <u>yaa</u> 'o-'oko
[主事焦點-我 有 重疊-孩子]

'我有孩子'

d. 所有句 (= c)

pan	to	'o-'oko-'u
[有	斜格	重疊-孩子-我]

'我有孩子'（=我的小孩存在）

　　否定存在句、所有句和方位句因為結構不同，所以動詞也會有所不同，分別由 uk'a '沒有'和 o'a '不'來標示之。 uk'a 出現在存在句，也可出現在所有句——兩種句子是否為名詞子句不明確。而 o'a 出現於方位句，和含有 yaa 的所有句——兩種句都是動詞子句。例句如下：

2a. 存在句

uk'a	ci	evi	ci	mo	bicibi	to
[沒有	的	樹	的	主事焦點	旁邊	斜格

emoo
房子]

'房子旁邊沒有樹'

 b. 方位句

o'a	mo	eon	ta	skayʉ
[不	主事焦點	在	斜格	搖籃

'e	oko	ho	mo	oengʉtʉ
主格	孩子	和	主事焦點	睡]

'嬰孩不在搖籃裏睡'

 c. 所有句

o'a	mi-'o	yaa	'o-'oko
[不	主事焦點-我	有	重疊-孩子]

'我沒有孩子'

d. 所有句（=c）

<u>uk'a</u>　　ci　oko-'u

[沒有　　的　孩子-我的]

'我沒有孩子'

表 4.11 鄒語的存在句、所有句和方位句結構

句型	句子結構	肯　　定	否　　定
存在句	名詞子句	pan [to（助動詞-動詞-）名詞組]	uk'a ci（助動詞-動詞）名詞（組）
所有句	名詞子句 動詞子句	pan [to 名詞組]助動詞 yaa 名詞（組）	uk'a ci 名詞（組） o'a 助動詞 yaa 名詞（組）
方位句	動詞子句	助動詞 eon 名詞（組）	o'a 助動詞 eon 名詞（組）

七、祈使句和使役句結構

本節將探討鄒語的祈使句和使役句，以下分別介紹之。

主事焦點和非主事焦點的肯定或否定祈使句，在助動詞和動詞上都會有不同的標示，如下所表示：

表 4.12 鄒語的肯定和否定祈使標記

祈使句	肯定	否定
主事焦點	動詞為主事焦點	o'te + 動詞為主事焦點
非主事焦點	動詞為非主事焦點	te-av'a +動詞為非主事焦點

以下為含主事和非主事焦點的例句：

主事焦點

（1）肯定句

1a.　(te)　　　　　　　**m**-imo！

　　　[(主事焦點)　　主事焦點-喝]

　　　'喝酒！'

　b.　(te)　　　　　　　**b**-onʉ　　　　　to　　　fuzu！

　　　[（主事焦點）　主事焦點-吃　　斜格　　野豬]

　　　'吃野豬！'

　c.　(te)　　　　　　　∅-uh　　ne　　emoo-su！

　　　[（主事焦點）　∅-去　　斜格　　房子-你的]

　　　'（回到）你家去！'

　d.　te-c'u！

　　　[主事焦點-已經]

　　　'夠了！'

（2）否定句

2a.　'o-te　　　m-imo

　　　[別　　　主事焦點-喝]

　　　'別喝酒！'

　b.　'o-te　　　**b**-onʉ　　　　　to　　　fuzu

　　　[別　　　主事焦點-吃　　斜格　　野豬]

　　　'別吃野豬！'

c. <u>'o-te</u>　　Ø-uh　　ne　　emoo-su
[別　　　Ø-去　　斜格　　房子-你的]
'別去你家！'

非主事焦點

（1）肯定句

3a. (te)　　　　　oepɨng-**a**　　　si　　naveu
[（非主事焦點）吃完-受事焦點　主格　飯]
'把飯吃完！'

b. (te)　　　　　eobak-**a**　　　si　　oko
[（主事焦點）　打-受事焦點　　主格　小孩]
'打小孩！'

c. (te)　　　　　phian-**eni**　　tposɨ　'o
[（主事焦點）　買-受惠焦點　　書　　主格
mo'o
男子名]
'為 mo'o 買書！'

（2）　否定句

4a. <u>te-av'a</u>　　oepɨng-**a**　　　si　　naveu
[別　　　　吃完-受事焦點　主格　飯]
'別把飯吃完！'

b. <u>te-av'a</u>　　eobak-**a**　　　'e　　oko
[別　　　　打-受事焦點　　主格　小孩]

‘別打小孩！’

c. <u>te-av'a</u>　　　phian-**eni**　　tposʉ　　'e　　　mo'o

　　[別　　　　　買-受惠焦點　書　　主格　　男子名]

　　‘別爲 mo'o 買書！’

　　pa- 或 poa- 附加於動詞前時構成表使役之動詞，有「使⋯」之意。例句如下：

（1）使役肯定句

5a. i-si　　　　　　　'ahʉya　　pa-bonʉ　　　　'o

　　[非主事焦點-他　勉強　　叫-吃-主事焦點　斜格

　　oko　　　to　　　ino

　　小孩　　主格　　媽媽]

　　‘媽媽勉強小孩吃飯’

b. i-ta　　　　　　　　　<u>pa-cohiv-i</u>　　　　　　pasunaeno

　　[非主事焦點-他　叫-知道-處所焦點　　唱歌

　　a'o　　　ta　　　ino

　　我　　　斜格　　媽媽]

　　‘媽媽叫我唱歌’

c. i-si　　　　　　　'ahʉya　　<u>pa-ana-neni</u>　　　to

　　[非主事焦點-他　勉強　　叫-吃-工具焦點　斜格

　　oko　　　'o　　　naveu　　to　　　ino

　　小孩　　主格　　飯　　斜格　　媽媽]

　　‘媽媽勉強小孩吃飯’

（2）使役否定句

6a.　o'a　i-si　　　　　　'ahɨya　pa-bonɨ

　　[不　非主事焦點-他　　勉強　　叫-吃-主事焦點

　　'o　　oko　　to　　ino

　　主格　小孩　斜格　媽媽]

　　'媽媽沒有勉強小孩吃飯'

　b.　o'a　　i-ta　　　　　　pa-cohivi　　pasunaeno

　　[不　　非主事焦點-他　叫-知道　　唱歌

　　a'o　　ta　　ino

　　我　　斜格　媽媽]

　　'媽媽沒叫我唱歌'

　c.　o'a　i-si　　　　　　'ahɨya　pa-ana-neni

　　[不　非主事焦點-他　勉強　叫-吃-工具焦點

　　to　　oko　　'o　　naveu　to　　ino

　　斜格　小孩　主格　飯　斜格　媽媽]

　　'媽媽沒勉強小孩吃飯'

八、否定句結構

　　鄒語主要有四種否定詞：　o'a , 'o- , -av'a 和 uk'a 。以上我們已經指出 o'a 出現在名詞子句、陳述句、方位句和使役句；'o- 和 -av'a 出現在祈使句；uk'a 出現在存在句和所有句。鄒語四種否定詞如下所列：

表 4.13 鄒語的否定詞

句型	否定詞
名詞子句 陳述句 方位句 使役句	o'a
存在句 所有句	uk'a
主事焦點 祈使句	'o-(te)
非主事焦點	(te)-av'a

鄒語還有另一種否定詞： o'- ，但該否定詞的分布很有限，只能出現在 te '將/要'之前，有「意願」之意。例句如下：

1a. 名詞否定子句

    <u>o'a</u>   amo-'u   na   suu

    [不   爸爸-我的   主格   你]

    '你不是我的爸爸'

  b. 陳述否定句

    <u>o'a</u> mo   oengʉtʉ 'e   oko

    [不 主事焦點   睡   主格   小孩]

    '小孩沒睡'

c. 陳述否定句，表示「意願」之意

o'-te   mimo   to   emi
[不-將   喝   斜格   酒]

'他不喝酒'

d. 方位否定句

o'a   mo   eon   ta   emoo
[不   主事焦點   在   斜格   房子

'e   amo
主格   爸爸]

'爸爸不在房子裡

e. 使役否定句

o'a i-ta   pa-cohivi   pasunaeno
[不 非主事焦點-他   叫-知道   唱歌

a'o   ta   ino
我   斜格   媽媽]

'媽媽沒叫我唱歌'

2a. 存在否定句

uk'a   ci   evi ci   mo   bicibi   to
[沒有   的   樹   的   主事焦點   旁邊   斜格

emoo
房子]

'房子旁邊沒有樹'

b. 所有否定句

uk'a　　ci　　　peisu-'u

[沒有　　的　　　錢-我的]

'我沒有錢'

3a. 祈使否定句（主事焦點）

'o-te　　mongoi

[別　　主事焦點-走]

'別走！'

b. 祈使否定句（非主事焦點）

te-av'a　　pei'i-neni　　　　to　　　naveu

[別　　　　煮-受惠焦點　　斜格　　飯]

'別（為他）煮飯！'

九、疑問句結構

　　鄒語的疑問句可分為三種：是非問句、選擇問句和含有疑問詞的疑問句，以下分別討論之。

是非疑問句

　　是非問句在句法上沒有任何標示，但該句子的語調會有所不同。例句如下：

1a.

zou mo'o　　na　　　taini ？

[是 男子名　主格　　他]

‘他是 mo'o 嗎？’

b.

mi-ko-cu   ngoseo ？

[主事焦點-你-已經   累]

‘你累了嗎？’

c.

mo   eon ta emoo   'o   amo-su ？

[主事焦點   在 斜格 家   主格   爸爸-你]

‘你爸爸在家嗎？’

選擇問句

我們目前還不是完全瞭解第二類的疑問句結構。該注意的是：no 和 na 不能跟任何其他格位標記交換。另外，也不能省略 ho nte…o'te 。例句如下：

2a. te-ko   bonʉ   **ho nte**   **no** / ***ta** / ***to** ？

[將-你   吃   還是   斜格

o'te   oengʉtʉ

不   睡]

‘你想吃（飯）還是睡覺？’

a'. *te-ko bonʉ   ∅   oengʉtʉ ？

[將-你   吃   ∅   睡]

b. da-ko   kaebʉ   bonʉ   to   yoskʉ

[習慣-你   喜歡   吃   斜格   魚

ho nte	no	o'te	(bonɨ	to)	fou？
還是	斜格	不	（吃	斜格）	肉]

'你喜歡吃魚或喜歡吃肉？'

c.　

te-ko	eon	ta	emoo	ho nte	no
[將-你	在	斜格	房子	還是	斜格

o'te	(eon	ta)	papai？
不	（在	斜格）	田裡]

'你會在房子裡或在田裡？'

3a.　

zou	yangui	ho nte	(s'a)o'te	mo'o
[是	女子名	還是	不	男子名

na	te	uh	ne	taihoku？
主格	將	去	斜格	台北]

'是 yangui 還是 mo'o 要去台北？'

b.　

zou	yangui	ho nte	(s'a)o'te	mo'o
[是	女子名	還是	不	男子名

na / *'e / *si	mo	eobako	ta
主格	主事焦點	打	斜格

pasuya？
男子名]

'是 yangui 還是 mo'o 打 pasuya？'

含有疑問詞的疑問句

第三類疑問句中的疑問詞可分為含疑問代名詞、疑問

動詞和疑問副詞三種，以下分別討論之。

（1）疑問代名詞

疑問代名詞如 sia '誰'、 cuma '什麼'和 nenu '哪一個'都可出現在句首當作謂語。例句如下：

4a. zou   <u>sia</u>   na   suu ？

[是   誰   主格   你]

'你是誰？'

b. <u>sia</u>   co   mo   eon   ta

[誰   主格   主事焦點   在   斜格

emoo ？

房子]

'誰在房子裡 ？ '

c. sia   na   mo   smoyo-su ？

[誰   主格   主事焦點   怕   -你]

'誰怕你？'

5a. (zou)   <u>cuma</u>   na   eni ？

[是   什麼   主格   這

'這個是甚麼？'

b. (zou)   <u>cuma</u>   na   mo   eon ta

[是   什麼   主格   主事焦點   在 斜格

hako ？

箱子]

'箱子裡是什麼？'

c. (zou)　　cuma　　na　　i-ko　　　　　hioa ？
　　[是　　什麼　　主格　　非主事焦點-你　　做]
　　'你在做什麼？'

6a. nenu　　na　　i-ko　　　　　phieni　ci
　　[哪一個　主格　非主事焦點-你　買　　的
　　emoo ？
　　房子]
　　'你買的是哪一個房子？'

b. nenu　　　　na　　te-ko　　　　　phieni　ci
　　[哪一個　　主格　非主事焦點-你　買　　的
　　topsʉ ？
　　書]
　　'你要買的是哪一本書？'

　　在例句 (4)-(6)， sia 、 cuma 和 nenu 都出現在句首。在例句 (7) sia 修飾 tposʉ和 ceopngu 。在例句 (8)，nenu 出現在動詞之後，但是出現在動詞之後的 nenu 的語意和用法與出現在句首的有所不同。出現在動詞之後的 nenu 表示「何處」而構成為副詞。在例句 (9) cuma 出現在句中但意思不變。例句如下：

7a. zou　　tposʉ　　no　　sia　　eni ？
　　[是　　書　　斜格　　誰　　這]
　　'這是誰的書？'

b. zou ceopngu　　　no　　　<u>sia</u>　　　eni ？

　[是　　帽子　　　斜格　　誰　　　這]

　'這個帽子是誰的？'

c. zou　　oko　　　no　　　<u>sia</u>　　　'o

　[是　　小孩　　　斜格　　誰　　　主格]

　i-ko　　　　　ʉmnʉa ？

　非主事焦點-你　喜歡]

　'你喜歡誰的孩子？'

8a. mi-ko　　　　　eon　　　<u>nenu</u> ？

　[主事焦點-你　　在　　　何處]

　'你在哪？'

b. te-ko　　　　uh　　　<u>nenu</u> ？

　[將-你　　　去　　　何處]

　'你要到哪？'

9a. mi-ko　　　　baito　　no　　<u>cuma</u> ？

　[主事焦點-你　看　　斜格　什麼]

　'你在看什麼？'

b. te-ko　　　　bonʉ　　no　　<u>cuma</u> ？

　[主事焦點-你　吃　　斜格　什麼]

　'你要吃什麼　？'

（2）疑問副詞

　　　nenu "何處"、homna "何時" 在句子中只能當副詞。
ne-和 ho- 會附加在 homna 之前，表示過去或未來的時

間。例句如下：

10a. mi-ko　　　　　eon　　　nenu　？

　　[主事焦點-你　　在　　　何處]

　　'你在哪　？'

　b. te-ko　　　　uh　nenu　？

　　[將-你　　　去　何處]

　　'你要到哪兒？'

　c. mi-ko　　　　　oengutu　　　nenu？

　　[主事焦點-你　　睡　　　　　何處]

　　'你在哪兒睡？'

11a. moh-ta　　　mongoi　nehomna　？

　　[主事焦點-他走　　　何時]

　　'他什麼時候離開的？'

　b. moh-ta　da　　　uh　ne　　taipahu

　　[實現-他過　　　去　斜格　台北

　　nehomna　？

　　何時]

　　'他什麼時候要去台北？'

12a. te-ko　　　　　mongoi　hohomna　？

　　[將-你　　　　走　　　何時]

　　'你什麼時候要離開？'

　b. ta-ta　　uh　ne　　　taipaku　hohomna　？

　　[將-他　去　斜格　　台北　　何時]

'他什麼時候要去台北？'

（3）疑問動詞

　　疑問動詞包括 pio "多少" 和 mainenu "如何"。　pio 和 mainenu 只能出現在助動詞後。例句如下：

13a. mo　　　　pio　　　'o　　　'o-'oko-su　？
　　　[主事焦點　多少　　主格　　重疊-小孩-你的]
　　　'你有幾個小孩？'

　b. mo　　　　pio　　　'o　　　peisu-su　？
　　　[主事焦點　多少　　主格　　錢-你的]
　　　'你有多少錢？'

14a. mi-ko　　　　　mainenu　　hia　mameoi　？
　　　[主事焦點-你　　如何　　　　　　大]
　　　'你多大？'

　b. da-ko　　　　　mainenu 'o　　hia-su　pei'i　？
　　　[主事焦點-你　　如何　　主格　　做-你　煮飯]
　　　'你如何煮飯？'

　c. da　　　　　mainenu hia　aomane　ho　ta　-c'u
　　　[主事焦點　　如何　　　多久　　和　將　-已
　　　uh　　tan'e　？
　　　來　　這]
　　　'他多久來一次？'

　　比較(15) 和 (13)-(14) ，可發現 mainci 和 pio 或是

mainenu 的分布不太一樣：一般的動詞子句都有個助動詞
出現在句首，但是在我們所收集的語料中 mainci 都出現
在句首。我們因爲在 Szakos（1994）的論文中，看到不
少 mainci 出現句子中的例句 [參見(15a-c)] ，所以我們
還是認爲 mainci 在這些例句中當動詞。

15a. <u>mainci</u>　　mi-ko　　　　　　mongsi ？

　　　[爲什麼　主事焦點-你　　　哭]

　　　‘你爲甚麼哭？’

　b. <u>mainci</u>　　i-ko　　　　　　eobaka　na

　　　[爲什麼　非主事焦點-你　　打　　　主格

　　　taini ？

　　　他]

　　　‘你爲甚麼打她？’

　c. <u>mainci</u>　　o’-te ？

　　　[爲什麼　不-要]

　　　‘爲什麼不？’

　d. te-mza　　　　　　<u>mainci</u>　　　　cohivi

　　　[非主事焦點-我們爲什麼／怎麼　　　知道

　　　’e　　　conʉ　　　eni ？

　　　主格　　路　　　這]

　　　‘我們怎麼知道這個路？’（Szakos, 1994:186）

表 4.14 鄒語的疑問詞

語意	疑問詞	詞性	句法功能	句法分布		
				句首	句中	句尾
誰	sia	名詞	謂語／修飾語	+	+	+
什麼	cuma	名詞	謂語／論元	+	+	+
哪一個	nenu	名詞	謂語	+	-	-
何處		名詞	副詞	-	+	+
過去 什麼時候	ne-homna	名詞	副詞	-	+	+
未來	ho-homna			-	+	+
多少	pio	動詞	動詞	-	+	-
如何	mainenu	動詞	動詞	-	+	-
為什麼	mainci	動詞	動詞	+	+	-

十、複雜句結構

　　此部份探討鄒語的複雜句結構可分補語結構、關係子句、副詞子句三種，以下分別討論之。

補語結構

　　此部份探討的補語結構可分連動結構、樞紐結構、認知結構、述說結構四種，以下分別討論之。

（1）連動結構

　　連動結構是指句子中含有兩個動詞，這兩個動詞所表

的事件之主事者爲同一人。

　　連動結構主要的第一個動詞，含有 kaebʉ '喜歡'、
mimho '願意'、 mici '想'、 meedʉ '會'、 akei '一點'、
huhucmasi '每天'、 aacni '常常'、 asngʉcʉ '一直'、 i'vaho
'再'、 aʉdʉ '剛剛'等動詞。連動結構中的兩個動詞之間
沒有任何標記。例句如下：

1a.　da-ta　　　　　kaeba　　ana　　　'o　　　tacʉmʉ
　　[非主事焦點-他　喜歡　　吃　　　主格　　香蕉]
　　'他喜歡吃香蕉'

 b.　mo　　　　mimho　　mofi　　to　　　av'u
　　[主事焦點　願意　　給　　　斜格　　狗
　　to　　　oko　　　'o　　　ak'i
　　斜格　　小孩　　主格　　祖父]
　　'祖父願意給小孩狗'

 c.　o'a　　　mi-'o　　　mici　　moyafo
　　[不　　　主事焦點-我 想　　　出去]
　　'我不想出去'

 d.　da-ta　　　　　meedʉ　etamaku
　　[主事焦點-他　　會　　　抽煙]
　　'他會抽煙'

 e.　moh-ta　　　c'o akei　bonʉ　to　　naveu
　　[主事焦點-他 只　一點　吃　　斜格　飯]
　　'他只吃一點飯'

e'.uk'a   ci   os-'o   <u>akea</u>   <u>ana</u>

[沒有   的   非主事焦點-我   一點   吃]

'我一點也沒吃'

f. da   <u>huhucmasi</u>   <u>ocni</u>   to   tac<del>u</del>m<del>u</del>

[主事焦點   每天   吃一個   斜格   香蕉

'o   mo'o

主格   mo'o]

'mo'o 每天吃一個香蕉'

g. mo   <u>mimho</u>   <u>mofi</u>   to   av'u

[主事焦點   願意   給   斜格   狗

to   oko   'o   ak'i

斜格   小孩   主格   祖父]

'祖父願意給小孩狗'

h. da   <u>asng<del>u</del>c<del>u</del></u>   <u>oeng<del>u</del>t<del>u</del></u>   'e   oko

[主事焦點   一直   睡   主格   小孩]

'小孩一直睡'

i. mi-ko   -n'a   <u>a<del>u</del>d<del>u</del></u>   <u>maine'e</u>,

[主事焦點-你 -還   剛   回來

te-ko   -n'a   <u>i'vaho</u>   <u>moyafo</u> !

將-你   -還   再   出去]

'你才剛回來,你還要出去!'

注意:如果兩個動詞所表示的是同一個人同時做或練續做兩件事, ho '和'就必須出現在兩個動詞之間。例句

如下：

2a.　da-ta　　　　smovei　ta　　　oko　　ho　eahioa

　　[主事焦點-他背　　斜格　　小孩　　和　工作]

　　'他背著小孩工作'

b.　te-ta　　　　uh　　　ne　　　fuengu　ho

　　[主事焦點-他去　　斜格　　山上　　和

　　eafou　　'o　　　amo

　　打獵　　主格　　爸爸]

　　'爸爸去山上打獵'

（2）樞紐結構

　　樞紐結構是指句子中含有兩個動詞，這兩個動詞所表的事件有不同的主事者，而第二個主事者同時當第一個動詞的受事者。鄒語的樞紐結構可分為兩類。

　　第一類含有 teomneni '答應、同意'。例句如下：

3a.　i-si　　　　　　teom-neni　na　　　a'o　　ho

　　[非主事焦點-他　答應　　　主格　　我　　和

　　te-'o　　　uh　　ne　　　taihoku　to

　　主事焦點-我 去　斜格　　台北　　斜格

　　ak'i　　　hohcuma

　　祖父　　明天]

　　'祖父答應我明天去台北'

b. i-si   <u>teom-neni</u>   to   ak'i

[非主事焦點-他   答應   斜格   祖父

'o   ino   to   oko   ho   (mo)

主格   媽媽   斜格   小孩   和   （主事焦點）

mofi   to   av'u

給   斜格   狗]

'祖父答應媽媽給小孩狗'

注意：若句子中含有 aiti '看'、 tadʉi '聽'等動詞， ho '和'就會出現在兩個動詞之間。例句如下：

4a. os-'o   <u>aiti</u>   'e   mo'o   **ho**

[非主事焦點-我   看到   主格   男子名   和

i-ta   <u>eobaka</u>   'o   pasuya

非主事焦點-他   打   主格   男子名]

'我看到 mo'o 打 pasuya '

b. os-'o   <u>tadʉi</u>   **ho**   mi-ta

[非主事焦點-我   聽到   和   主事焦點-他

<u>pasunaeno</u>

唱歌]

'我聽到他唱歌'

（3）認知結構和述說結構

認知結構結構中，主要動詞為： cohivi '知道'、 tatotohingva '想'等動詞。述說結構是含有述說動詞，如：

eainca '說'、 tuocosi '問'、 eut'ingia '回答'等動詞。這兩種結構具有相同句法特性：此類句子中的補語結構是個完整且獨立的句子。換句話說，通常兩個句子之間的焦點可以不同。例句如下：

6a. [os-'o   cohivi][moso   mʉchʉ nehucma]
    [非主事焦點-我 知道   主事焦點   下雨   昨天]
    '我知道昨天下雨'

 b. [os-'o   cohivi] [da-ta   eobako
    [非主事焦點-我   知道   主事焦點-他   打

    ta   yangui   'e   mo'o]
    斜格   女子名   主格   男子名]
    '我知道 mo'o 打 yangui '

7a. [os-'o   tatotohingva][hohucma   o'a nte
    [非主事焦點-我   想   明天   不 將

    mʉchʉ]
    下雨]
    '我想明天不會下雨'

 b. [os-'o   tatotohingva][o'a nte uh tan'e
    [非主事焦點-我   想   不 將 來 這

    'e   mo'o   hohucma]
    主格   男子名   明天]
    '我想 mo'o 明天不會來'

8a.　[i-si　　　　　yainca] [o'a　s'a　depemos'os'o
　　　[非主事焦點-他　說　　不　　醫生

　　　na　　　　a'o]
　　　主格　　　我]
　　　'他說（我）不是醫生'

　b.　[i-si　　　　　yainca][mi-ta　　　　mihina
　　　[非主事焦點-他　說　　主事焦點-他　剛

　　　oepɯngɯ]
　　　吃完]
　　　'他說他剛吃完飯'

9a.　[i-'o　　　　　tuocosi]　[mo　　　　pio
　　　[非主事焦點-他　問　　主事焦點　多少

　　　'o　　　'o'oko-taini]
　　　主格　　小孩-他]
　　　'我問(他)他有幾個小孩'

　b.　[i-si　　　　　eut'ingha][mo　　　tuyo
　　　[非主事焦點-他　回答　　主事焦點　三

　　　'o'　　　o'oko-taini]
　　　主格　　小孩-他]
　　　'他回答他有三個小孩'

關係子句

　　　鄒語的關係子句的句法表現跟第二種名詞修飾語很相

似（請回頭看第五章的「名詞子句」的詞序；另外也可以
參考表 4.15）。通常，該修飾子句會出現在被修飾的名
詞（即所謂「首語」）之前，而關係子句和首語之間必有
ci ，如 (1) 表示。

1a.　mo　　　　　okosi　　　[['o　　　i-si
　　　[主事焦點　　小　　　　主格　　　非主事焦點-他

　　　ana] ci　tacɨmɨ]
　　　吃　　的　香蕉]
　　　'他吃的香蕉很小'

　　　一般的關係子句可分為限制關係子句和非限制關係子
句。我們早期以為，鄒語應該是沒有第二類的關係子句，
但是最近 Chang (1997) 發現，兩種結構鄒語都有，主要
差別在於，首語及修飾子句的位置有所不同：在限制關係
子句裡，首語接在修飾子句後，而在非限制關係子句裡，
首語則出現在修飾子句前。比較：

2a.　o-'u-cu　　　　　　　　aiti　'o　　　o-si
　　　非主事焦點-我-已經　看　主格　　非主事焦點-他

　　　tposi　　**to**　　　**pasuya** ci　*tposɨ*
　　　寫　　　斜格　　男子名　的　書
　　　'我看過 Pasuya 寫的書' (Chang, 1997:69)

　b.　o-'u-cu　　　　　　　　aiti　*tposɨ*　　ci
　　　非主事焦點-我-已經　看　書　　　　的

'o	o-si	tposi	to	pasuya
主格	非主事焦點-他 寫	斜格	男子名

'我看過那一本書是 Pasuya 寫的' (Chang, 1997:69)

通常，被修飾的首語都當主要句子中的語法主詞，比如：

3a. i-si   eobaka   ta   mo'o   [[si
   [非主事焦點-他   打   斜格   男子名   主格

   mo   'ohatmadi]   ci   oko]
   主事焦點   不聽話   的   小孩]

   'mo'o 打不聽話的小孩'

 b. mo   beocʉ to   pasuya   [['o
   [主事焦點   咬   斜格   男子名   主格

   i-si   aʉt'ʉca   to   mo'o   ]   ci
   非主事焦點-他   養   斜格   男子名   的

   av'u]
   狗]

   'mo'o 養的狗咬 pasuya'

 c. os-'o   aiti [[ta   o-si
   [非主事焦點-他   看   主格   非主事焦點-他

   eobaka   to   mo'o]   ci   oko]
   打   斜格   男子名   的   小孩]

   '我看（過）mo'o 打的小孩'

d. mo   tacvohi   [[si   i-si
    [主事焦點   長   主格   非主事焦點-他
    titha   bonʉ]   ci   hasi]   ta   mo'o
    用   吃   的   筷子   斜格   男子名]
    'mo'o 用的筷子很長'

e. os-'o   eobaka [['o   i-si
    [非主事焦點-他   打   主格   非主事焦點-他
    pasunaenoveni   to   pasuya]   ci   cou]
    唱歌   斜格   男子名   的   人]
    '我打（過）爲 pasuya 唱歌的人'

f. i-si   po'poti [[to   moso
    [非主事焦點-他   踢   斜格   主事焦點
    eobako   to   mo'o]   ci   cou]'o   pasuya
    打   斜格   男子名   的   人   主格   男子名]
    '打（過） mo'o 的人踢 pasuya '

g. mo   oengʉtʉ [[to   mo   eon
    [主事焦點   睡   斜格   主事焦點   在
    tmopsʉ   to   pasuya]   ci   aemana]   ho   oevoi
    寫   斜格   男子名   的   房間   和   躺著
    'o   mo'o
    主格   男子名]
    'mo'o 在 pasuya 寫（字）的地方睡'

表 4.15 鄒語的名詞組結構

結　　構				
1.一牛論元	格位		名詞 (指定代詞)	'e oko (eni)' (這)個小孩'
2.名詞修飾	格位	名詞	斜格	名詞	'o oko to mamespingi 女人的小孩'
3.動詞修飾	格位	動詞	ci	名詞	'e con ci oko 一個小孩
4.關係子句	格位	全動詞子句	ci	名詞	'o i-si ana ci tacɨmɨ '他吃的香蕉'

副詞子句

副詞子句是指一個子句附屬於另一個子句，構成為主從句。這兩個不同等的句子成分之間，通常有個連接詞把從句和主句連接起來。副詞子句可分為原因子句和結果子句、讓步子句、時間子句和條件子句等，以下分別描述之。

（１）原因子句

鄒語的原因子句含有一個表示 '因為' 之動詞，出現在從句裡；而 eno 同時會出現在主句中的動詞前（其用法目前仍不清楚）。例句如下：

1a.　'a　　　da-'u　　　　bohtɨ　　asɨngɨcɨ　　tmopsɨ

　　[就　　主事焦點-我　因為　　一直　　　　讀書

　　ko　　　mi-'o　　　　　　　eno　　memeeadɨ

　　ko　　主事焦點-我　　　就　　聰明]

　　'我是因為一直讀書才會聰明'

b. 'a　　bohtʉ　　eahiapeoza　ko　mi-'o　　　eno
　 [就　　因爲　　橋　　　　　ko　主事焦點-我　就

　 meedʉ　maine'e
　 能　　　回家]

　 '是因爲有橋，我才能回家'

c. 'a　　i-si　　　　　　bohta　c'o　fii　to
　 [就　　非主事焦點-他　因爲　只　給　斜格

　 peisu　　to　　　yangui　ko　mi-'o　　　eno
　 錢　　　斜格　　女子名　ko　主事焦點-我　就

　 meedʉ　maine'e
　 能　　　回家]

　 '是因爲 yangui 給我錢，我才能回家'

2. da-ta　　　　-cu　eno　esmi　　ho　da-'o
　 [主事焦點-他-已經　就　來　　　當　主事焦點-我

　 -cu　atatumzo
　 -已　困難]

　 '我有困難他就來（幫忙）'

（2）讓步子句

　　讓步子句中會同時出現的連接詞主要有兩個：一個 upena '雖然'（其用法目前仍無法決定）是出現在從句的助動詞，另外一個 c'o '只' 會出現在主句的動詞前。讓步子句可分爲假設子句（這個情況尚有可能發生，如(2a)）和違反事實子句（這個情況不可能發生，如(2b)）。

那時， hoci '如果' 會出現在 upena 之後，而主句中的
助動詞會因而不同。

1a. <u>upena</u>　　ne　mo　　　　　mɨchɨ　nehucma,
　　[雖然　　　過　主事焦點　　　下雨　　昨天

　　mi-ta　　　　　c'o　　moyafo
　　主事焦點-他　只　　　出去]

　　'雖然昨天下雨，他還是出去'

　b. <u>upena</u>　　i-si　　　　　　　eobaka　to
　　[雖然　　　非主事焦點-他　　打　　　斜格

　　ino　　　'o　　oko,　i-si　　　　　　　　c'o
　　媽媽　　主格　小孩　非主事焦點-他　　　只

　　ɨmnɨa　　'o　　oko
　　喜歡　　主格　小孩]

　　'雖然媽媽打小孩，她還是喜歡他'

2a. <u>upena</u>　　<u>hoci</u>　mɨchɨ,　**nte**-ta　<u>c'o</u> moyafo
　　[雖然　　　如果　　下雨　　　會-他　　只　出去]

　　'連（等一下）下雨他還是會出去'

　b. <u>upena</u>　　<u>hoci</u> mɨchɨ　nehucma,　**ntoh**-ta　<u>c'o</u>
　　[雖然　　　如果下雨　　昨天　　　　早會-他　只

　　moyafo
　　出去]

　　'如果昨天下雨他還是會出去'

（3）時間子句和條件子句的比較

　　鄒語的時間子句和條件子句的句法表現很相似：該句子可出現在主句之前或之後。時間子句的連接詞主要有兩個：第一個 ne'當'是表示事件已經「過去發生」，如：(1a)表示；另外一個 ho '當／如果' 表示「常發生或未來的事件」，如(1b-c)。 ho 同時也可以出現在條件子句，如：(2a-b)。 條件子句也可分為假設子句（這個情況尚有可能發生，如：(2a)）和違反事實子句（這個情況不可能發生，如：(2b)），主句中的助動詞會因而不同。

1a. **mo-'u-n'a**　　　　　bonɨ　　ta　　tacɨmɨ　　<u>ne</u>
　　 [主事焦點-我-還　　吃　　斜格　　香蕉　　當

　　 moh-ta　　　　esmi
　　 主事焦點-他　　　進去]

　　 '他進去的時候，我還在吃香蕉'

　b. **da-'u**　　　　aacni　　bonɨ　　to
　　 [主事焦點-我　　每一次　吃　　斜格

　　 tacɨmɨ　　<u>ho</u>　**da**-ta　　　　aiti
　　 香蕉　　　當　非主事焦點-他　　看]

　　 '他每一次看到我的時候，我都在吃香蕉'

　c. **te**-ta　　　asonɨ　　bonɨ　　to　　tacɨmɨ
　　 [主事焦點-他 可能　　吃　　斜格　　香蕉

　　 <u>ho</u>　　**te**-'u　　　　esmi
　　 當　　　主事焦點-他　　　進去]

'我進來的時候，他可能會（在）吃香蕉'

2a. honci-'u eaa peisu, **nte-**'u mihia emoo

[若-我　有　錢　　會-我　買　　房子]

'如果我有錢，我會買房子'

b. honci-'u eaa peisu, **nto-**'u mihia

[若-我　有　錢　　早就會-我　買

emoo

房子]

'假如我有錢，我早就會買房子'

第 5 章

鄒語的基本詞彙

以下提供鄒語常用的基本詞彙，依筆畫次序排列。

【國語】	【英語】	【鄒語】

一劃

一	one	coni
一百	one hundred	se'conza

二劃

七	seven	pitu
九	nine	sio
二	two	yuso
人	person	cou
八	eight	voeu
十	ten	maskʉ

三劃

三	three	tuyu
下面	below, beneath	cʉm'a
上面	above, up	omza
大的	big	meoisi

【國語】	【英語】	【鄒語】
女人	woman	mamespingi
小的	small	okosi
小孩	child	oko
山	mountain	fuengu
山雞；雉	pheasant	sɯ'eo

四劃

弓	bow	fsueu
弓弦	bowstring	peueu
五	five	imo
六	six	nomɯ
切	cut	aftungo
天	sky	ngɯca
太陽	sun	hie
心	heart	t'uhu
手	hand	emucu
手肘	elbow	p'ungu ta emucu
月	month	congyoha
月亮	moon	feohɯ
水	water	chumu
火	fire	puzu
父親	father (reference)	amo
牙齒	tooth	hisi

五劃

兄姊	older sibling	ohaeva
去	go	e'ohɯ
右邊	right	vhona

【國語】	【英語】	【鄒語】
四	four	suptu
左邊	left	veina
打	hit	eobako
打開	open	maavo
打雷	thunder	ak'enguca
打獵	hunt	eafou
母親	mother (reference)	ino
甘蔗	sugarcane	tufsu
生的	raw	mato
田	farm, field	papai
田鼠	rat	buhci
白天	day	hie
皮膚	skin	snufu
石	stone	fatu

六劃

名字	name	ongko
吃	eat	bonu
回答	answer	eut'ingi
地	earth	ceoa
多少	how many	pio
好的	good	umnu
尖的	sharp	maeno
年	year	tongsoha
死的	dead	mcoi
灰	ashes, dust	fuu
竹子	bamboo	pcoknu

【國語】	【英語】	【鄒語】
竹筍	sprout, bamboo shoot	sbuku
米	husked rice	fʉesʉ
羊	goat, sheep	moatʉ'nʉ
耳朵	ear	koeu
肉	flesh	fou
肋骨	rib	faengʉ
臼	mortar	suhngu
血	blood	hmueu
衣服	clothes	'i'ihosa

七劃

作夢	dream	eacei
你	thou	suu
你們	you（pl.）	muu
冷的	cold	coheʉcʉ
吹	blow	poepe
吸	suck	em'um'u
坐	sit	eyusungu
屁	fart	byʉpcʉ
尿	urine	sifu
弟妹	younger sibling	ohaesa
我	I	a'o
我們	we（exclusive）	a'ati
抓	scratch	tuokeo
村莊；部落	village, tribe	hosa
沙	sand	fuefu'u
男人	man	hahocngʉ

【國語】	【英語】	【鄒語】
肝	liver	h'onʉ
肚子；腹	belly	bueo
芋頭	taro	ucei
走	walk	coeconʉ
那個	that	tonoi
乳房	breast	nun'u
來	come	uh-tan'e

八劃

呼吸	breathe	yungsou
夜晚	night	eofna
拍	peck, tap	eobako
抱	hold	
朋友	friend	nanghia
果實	fruit	beahci
枝	branch	ehti
林投；鳳梨	pandanus, pineapple	'ungyai
松鼠	squirrel	puktu
松樹	pine-tree	seongʉ
杵	pestle	pngiei
河流	river, brook	c'oeha
爸爸	father (address)	amo
狗	dog	av'u
知道	know	bochio
肺	lung	nʉtnʉ
肥	fat, grease	simeo
近的	close	cum'u

【國語】	【英語】	【鄒語】
長矛	spear	mengzu
長的	long	tacvo'hi
雨	rain	tnɨecɨ

九劃

前面	front	tan'esi
厚的	thick	ocmɨyɨ
咬	bite	boecɨ
咱們	we（inclusive）	a'ati
屎	excreta	t'ee
屋子	house	emoo
屋頂	roof	sofɨ
後面	back	fuhusi
挖	dig	ma'e
指	point　to	mos'osɨ
星星	star	congeoha
洗（衣服）	wash (clothes)	tufku
洗（盆子）	wash (dishes)	tonzou
洗（澡）	wash (bathe)	mamcino
活的	alive	eangsou
看	see	baito
穿山甲	ant-eater, pangolin	hiaemoza
胃	stomach	cfu'o
苦的	bitter	mayɨmɨ
虹	rainbow	hioyu
重的	heavy	evcɨhɨ
風	wind	poepe

【國語】	【英語】	【鄒語】
飛	fly	tososo
飛鼠	flying squirrel	voyʉ
香菇	mushroom	koyu
香蕉	banana	tacʉmʉ

十劃

借	borrow	yovaho
哭	cry, weep	mongsi
害怕	fear	smoyo
射	shoot	pnaa
拿	take	eaa
根	root	emisi
烤	roast	cmapo
笑	laugh	cocvo
草	grass	s'os'o
蚊子	mosquito	mo'eocʉ
豹	leopard	'uho
酒	wine	emi
配偶	spouse	vcongʉ
針	needle	feezo
閃電	lightening	moihicʉ
骨	bone	cʉehʉ

十一劃

乾的	dry	heodo
乾淨的	clean	cofkoya
做工	work	yahioa

【國語】	【英語】	【鄒語】
偷	steal	meo'eoi
唱	sing	pasunaeno
殺死	kill	opcoi
眼睛	eye	mcoo
蛇	snake	fkoi
這個	this	eni
陷阱	trap	h'oepona
魚	fish	yoskʉ
鳥	bird	zomʉ
鹿	deer	'ua

十二劃

國語	英語	鄒語
喝	drink	mimo
帽子	hat	ceopungu
游	swim	yuhnguzu
煮	cook	pei'i
猴子	monkey	nghou
番刀	sword	poyavi
短的	short	nanʉhtʉ
等候	wait	moteo
筋	vein	veocʉ
給	give	mofi
菜	side dishes	chai
買	buy	mhino
跑	run	peoeofʉ
跌倒	fall	e'puyu
跛腳	lame, crippled	pi'o

【國語】	【英語】	【鄒語】
雲	cloud	cmɨcmɨ
飯渣	food particles caught between the teeth	pucu

十三劃

傷口	wound	smizi
嗅	smell	edɨɨi
媽媽	mother(address)	ino
新的	new	faeva
暗的	dark	voecɨvcɨ
煙	smoke	feufeu
痰	saliva	czo'u
禁忌	taboo	peisiia
腳	foot	t'ango
葉	leaf	hɨngɨ
蜂蜜	honey	teongo
跟隨	follow	fiho
路	road	ceonɨ
跳	jump	mofti'i
跳舞	dance	maeasvi
鉤	hook	kosɨ
飽的	satiated	yosɨ

十四劃

嘔吐	vomit	teavto
摸	grope	pɨta
漂流	adrift, flow	measkopɨ
熊	bear	cmoi

【國語】	【英語】	【鄒語】
睡	sleep	oengutu
腿	leg	su'ku
蓆子	mat	lahapu
蒼蠅	fly	eozomu
蜜蜂	bee	teongo
語言；話	language	e'e
說	talk	mo'engho
輕的	light	sop'o
遠的	far	covhi
餌	bait	topaneni
鼻子	nose	ngucu

十五劃以上

嘴	mouth	ngaeo
敵人	enemy	hangu
熟的	ripe	cuyu
熱的	hot	cuveu
稻	rice	pai
箭	arrow	tu'su
線	thread	p'op'o
膝蓋	knee	kali'
蔬菜	vegetables	chae
誰	who	sia
豬；山豬	pig, boar	fuzu
賣	sell	phieni
醉	drunk	moyomo
樹木；木柴	tree, wood	evi

【國語】	【英語】	【鄒語】
樹林	forest	'e'evi
燒	burn	pae'ɨhɨ
貓	cat	ngiao
頭	head	fnguu
頭目	chief	peongsi
頭蝨	head louse	cuu
頭髮	hair	f'ɨsɨ
龜	turtle	kame
濕的	wet	noe'ɨcɨ
縫	sew	tpihi
膽	gall	pau
臉	face	sapci
薄的	thin	hipsi
鴿子	pigeon	hato
黏的	adhere	hɨ'eɨca
擲	throw	mtokɨ
檳榔	betel-nut	fi'i
舊的	old	noana'o
藏	hide	mɨfngɨ
雞	chicken	teo'ua
額	forehead	sapci
壞的	bad	kuzo
繩子	rope	teesi
關上	close	aemɨtɨ
霧	fog	ngvɨɨcɨ
籐	rattan	ue
露	dew	smuu

【國語】	【英語】	【鄒語】
聽	hear	taᵾdᵾ
髒的	dirty	ca'i
鰻	eel	tungeoza

鄒語的參考書目

鄒語工作室編撰

1998   *tposno ahoza pa'cohivi bua cou* 《鄒語初級
教材》台北：文鶴出版有限公司。

張雅音 （Chang, Melody Y.）

1997   〈鄒語主題句初討〉《台灣語言發展學術研
討會論文集初版》新竹：國立新竹師院。

1998a   〈鄒語的 wh- 移位現象〉《台灣語言語言及
其教學國際研討會》新竹：國立新竹師院。

1998b   *Wh-constructions and the problem of wh-
movement in Tsou.* MA Thesis. Hsinchu:
Tsing-hua University.

1998c   On Wh-questions in Tsou: fronted or remain
in-situ? Presented at the IsCCL6. Taipei:
Academia Sinica, July 14-16.

1998d   Topic constructions in Tsou. Paper presented at
IACL-7/NACCL-10. Ca: Stanford University,
June 26-29.

To appear Preliminary study of wh-questions in Tsou.
Proceedings of NcEALL (1997).

To appear Clefts or Pseudo-clefts: a case study of Tsou

Proceedings of NcEALL (1998).

何大安 （Ho, Dah-an）

1976 〈鄒語音韻〉《歷史語言研究所期刊》47.2：245-274。

李壬癸 （Li, Paul Jen-kuei）

1979 Variations in the Tsou dialects. 〈鄒語方言的語音差異〉《歷史語言研究所期刊》50.2：273-300。

1992 《台灣南島語言的語音符號系統》台北：教育部教育研究委員會。

Ladefoged, Peter and Zeitoun, Elizabeth

1993 Pulmonic ingressive phones do not occur in Tsou.（鄒語沒有吶吸音）*Journal of the International Phonetic Association*, 23.1: 13-15.

Stanley, Patricia

1979 Morphophonemic of verb suffixes in Tsou.（鄒語動詞的詞綴變化）in ngguyen Dang Liem (ed.) *Southeast Asian Linguistic Studies*, 3: 187-198. Camberra: Pacific Linguistics, C-45.

Starosta, Stanley

1969 Review of 'A descriptive study of Tsou

language, Formosa' by Tung Tung-ho. *Language*, 45.2: 439-444.

1997　Formosan clause structure: Transitivity, ergativity, and case marking. In Tseng Chiu-yu (ed.) *Chinese Languages and Linguistics, IV: Typological studies of Languages in China.* Symposium Series of the Institute of History and Philology, Academia Sinica, No.2. Taipei: Academia Sinica.

Szakos, Joseph

1994　*Die Sprache der Cou: Untersuchungen zur Synchronie einer austronesischen Sprache auf Taiwan.* （鄒語的共時語法研究） Ph.D. dissertation. Bonn: University of Bonn.

Tsuchida, Shigeru（土田滋）

1976　*Reconstruction of Proto-Tsouic phonology.* Study of Languages and Cultures of Asia and Africa Monograph Series No. 5. Tokyo: Institute of Languages and Cultures of Asia and Africa.

1990　Classificatory prefixes of Tsou verbs. *Tokyo University Linguistics Papers* '89: 17-52.

1995   Tsou: Introduction and wordlist. In Tryon
        Darrell   (ed.)   *Comparative   Austronesian*
        Dictionary: An Introduction to Austronesian
        Studies, 293-296. Berlin: Mouton de Gruyter.

Tung, Tung-ho （董同龢）

1964   *A Descriptive study of Tsou language, Formosa.*
        （鄒語研究）Taipei: Institute of History and
        Philology,   Academia   Sinica,   Special
        Publications No. 48.

Wright, Richard

1997   *Consonant Clusters and Cue Preservation in*
        Tsou. Ph.D. dissertation. Los Angeles, CA:
        UCLA.

1999   Tsou consonant clusters and auditory cue
        preservation. In Zeitoun, Elizabeth and Paul
        Jen-kuei Li (eds) *Selected papers from the*
        Eighth   International   Conference   on
        Austronesian Linguistics, 277-355. Taipei:
        Institute of Linguistics (Preparatory Office),
        Academia Sinica.

Wright, Richard and Peter Ladefoged

1997   A phonetic study of Tsou. *Bulletin of the*
        Institute of History and Philology, 68.4: 987-

1028。

Zeitoun, Elizabeth（齊莉莎）

1992　*A Syntactic and Semantic Study of Tsou Focus System.*〈鄒語焦點標記與格位標記研究：語意和語法〉MA thesis. Hsinchu: Tsing Hua University.

1993　A semantic study of Tsou case markers.（鄒語格位標記的語意研究）*Bulletin of the Institute of History and Philology*, 64.4: 969-989.

1996　The Tsou temporal, aspectual and modal system revisited.（再論鄒語的時制、動貌與語氣系統）*Bulletin of the Institute of History and Philology*, 67.3: 503-532。

專有名詞解釋

三劃

小舌音 (Uvular)

　發音時，舌背接觸或接近軟顎後的小舌所發的音。

四劃

互相 (Reciprocal)

　用以指涉表相互關係的詞，如「彼此」。

元音 (Vowel)

　發音時，聲道沒有受阻，氣流可以順暢流出的音，可以
　單獨構成一個音節。

分布 (Distribution)

　一個語言成分出現的環境。

反身 (Reflexive)

　複指句子其他成份的詞，如「他認為自己最好」中的「自
　己」。

反映 (Reflex)

　直接由較早的語源發展出來的形式。

五劃

引述動詞 (Quotative verb)

　　用以表達引述的動詞，後面常接著引文，如「他說
　　『…』」。

主事者 (Agent)

　　在一事件中扮演動作者或執行者之語法成分。

主事焦點 (Agent focus)

　　焦點的一種，主語為主事者或經驗者。

主動 (Active voice)

　　動詞的語態之一，選擇動作者或經驗者為主語，與之相
　　對的為被動語態。

主題 (Topic)

　　句子所討論的對象。

代名詞系統 (Pronominal system)

　　用以替代名詞片語的詞。可區分為人稱代名詞、如「我、
　　你、他」，指示代名詞，如「這、那」或疑問代名詞，
　　如「誰、什麼」等。

包含式代名詞 (Inclusive pronoun)

　　第一人稱複數代名詞的形式之一，其指涉包含聽話者，
　　如國語的「咱們」。

可分離的領屬關係 (Alienable possession)

　　領屬關係的一種，被領屬的項目與領屬者的關係為暫時

性的，非與生具有的，如「我的筆」中的「筆」和「我」，

參不可分離的領屬關係（inalienable possession）。

可指示的 (Referential)

具有指涉實體之功能的。

目的子句 (Clause of purpose)

表目的的子句，如「為了…」。

六劃

同化 (Assimilation)

一個音受到其鄰近音的影響而變成與該鄰近音相同或相似的音。

同源詞 (Cognate)

語言間，語音相似、語意相近，歷史上屬同一語源的詞彙。

回聲元音 (Echo vowel)

重複鄰近音節的元音，而把原來的音節結構 CVC 變成 CVCV。

存在句結構 (Existential construction)

表示某物存在的句子。

曲折 (Inflection)

區分同一詞彙不同語法範疇的型態變化。如英語的 have 與 has。

有生的 (Animate)

　　名詞的屬性之一，用以涵蓋指人及動物的名詞。

自由代名詞 (Free pronoun)

　　可獨立出現，通常分布與名詞組相似的代名詞，相對附
　　著代名詞。

舌根音 (Velar)

　　由舌根接觸或接近軟顎所發出的音。

七劃

刪略 (Deletion)

　　在某個層次原先存在的成分，經由某些程序或變化而不
　　見了。如許多語言的輕音節元音在加詞綴後，會因音節
　　重整而被刪略。

助詞 (Particle)

　　具有語法功能，卻無法歸到某一特定詞類的詞。如國語
　　的「嗎」、「呢」。

含疑問詞的疑問句 (Wh-question)

　　問句之一種，以「什麼」、「誰」、「何時」等疑問詞詢問
　　的問句。

完成貌 (Perfective)

　　「貌」的一種，事件發生的時間被視為一個整體，無法
　　予以切分，參考「非完成貌」 (Imperfective)。

八劃

並列 (Coordination)

指兩個句子成分在句法上的地位是相等的，如「青菜和水果都很營養」中的「青菜」與「水果」。

使役 (Causative)

某人或某物造成某一事件之發生，可以透過特殊結構、動詞或詞綴來表達。

受事者 (Patient)

句子中受動作影響的語意角色。

受事焦點 (Patient focus)

焦點之一，其主語為受事者，在南島語中，通常以- n 或-un 標示。

受惠者焦點 (Benefactive focus)

焦點的一種，主語為受惠者。

呼應 (Agreement)

指存在於一特定結構兩成分間的相容性關係，通常藉由詞形變化來表達。如英語主語為第三人稱單數時，動詞現在式須加 -s 以與主語的人稱及數呼應。

性別 (Gender)

名詞的類別特性之一，因其指涉的性別區分為陰性、陽性與中性。

所有格 (Possessive)

標示領屬關係的格位，與屬格（Genitive）比較，所有格僅標示領屬關係而屬格除了標示領屬關係之外，尚可

標示名詞的主從關係。

附著代名詞 (Bound pronoun)

無法獨立出現，必須附加於另一成分的代名詞。

非完成貌 (Imperfective)

「貌」的一種，動作或事件被視爲延續一段時間，持續或間續發生。參考「完成貌」。

九劃

前綴 (Prefix)

指加在詞前的詞綴，如英語表否定的 un-。

南島語系 (Austronesian languages)

指分布在太平洋和印度洋島嶼中，北起台灣，南至紐西蘭，西至馬達加斯加，東至南美洲以西復活島的語言，約有一千二百多種語言。

後綴 (Suffix)

加在一詞幹後的詞綴，如英語的 –ment。

指示代名詞 (Demonstrative pronoun)

標示某一指涉與說話者等人遠近關係的代名詞，如「這」表靠近，「那」表遠離。

是非問句 (Yes-no question)

問句之一種，回答爲「是」或「不是」。

衍生 (Derivation)

構詞的方式之一，指詞經由加綴產生另一個詞，如英語

的 work 加 -er 變 worker。

重音 (Stress)

一個詞中念的最強的音節。

音節 (Syllable)

發音的單位，通常包含一個母音，可加上其他輔音。

十劃

原因子句 (Causal clause)

用以表示原因的子句，如「我不能來，因為明天有事」中的「因為明天有事」。

原始語 (Proto-language)

具有親屬關係的語族之源頭語言。為一假設，而非真實存在之語言。

時制 (Tense)

標示事件發生時間與說話時間之相對關係的語法機制，可分為「過去式」（事件發生時間在說話時間之前）、「現在式」（事件發生時間與說話時間重疊）、「未來式」（事件發生時間在說話時間之後）。

時間子句 (Temporal clause)

用來表示時間的子句，如「當...時」。

格位標記 (Case marker)

標示名詞組語法功能的符號。

送氣 (Aspirated)

　　某些塞音發音時的一種特色，氣流很強，如國語的/ㄆ/ (p^h)音即具有送氣的特色。

十一劃

副詞子句 (Adverbial clause)

　　扮演副詞功能的子句，如「我看到他時，會轉告他」中的「我看到他時」。

動詞句 (Verbal sentence)

　　以動詞做謂語的句子。

動態動詞 (Action verb)

　　表示動作的動詞，與之相對的為靜態動詞。

參與者 (Participant)

　　指涉及或參與一事件中的個體。

專有名詞 (Proper noun)

　　用以指涉專有的人、地等的名詞。

捲舌音 (Retroflex)

　　舌尖翻抵硬顎前部或齒齦後的部位而發的音。如國語的/ㄓ、ㄔ、ㄕ/。

排除式代名詞 (Exclusive pronoun)

　　第一人稱複數代名詞的形式之一，其指涉不包含聽話者；參考「包含式代名詞」。

斜格 (Oblique)

用以涵蓋所有無標的格或非主格的格，相對於主格或賓格。

條件子句 (Conditional clause)

表條件，如「假如…」的子句。

清化 (Devoicing)

指濁音因故而發成清音的過程。如布農語的某些輔音在字尾會清化，比較 huud [huuṭ]「喝 (主事焦點)」 與 hudan [huḏan]「喝 (處所焦點)」。

清音 (Voiceless)

發音時聲帶不振動的輔音。

被動 (Passive)

語態之一，相對於主動，以受事者或終點為主語。

連動結構 (Serial verb construction)

複雜句的一種，含兩個或兩個以上的動詞，無需連詞而並連在一起。

陳述句 (Declarative construction)

用以表達陳述的句子類型，相對於祈使與疑問句。

十二劃

喉塞音 (Glottal stop)

指聲門封閉然後突然放開而發出的音。

換位 (Metathesis)

兩個語音次序互調之程。比較布農語的 ma-tua 「關
(主事焦點)」與 tau-un「關 (受事焦點)」。

焦點系統 (Focus system)

在南島語研究上，指一組附加於動詞上，標示主語語意
角色的詞綴。有「主事焦點」、「受事焦點」、「處所焦點」、
「工具/受惠者焦點」四組之分。

等同句 (Equational sentence)

句子型態之一，其謂語與主語的指涉相同，如「他是張
三」中「他」與「張三」。

詞序 (Word order)

句子或詞組成分中詞之先後次序，有些語言詞序較爲自
由，有些則固定不變。

詞根 (Root)

指詞裡具有語意內涵的最小單位。

詞幹 (Stem)

在構詞的過程中，曲折詞素所附加的成分，可以是詞根
本身、詞根加詞根所產生的複合詞、或詞根加上衍生詞
綴所產生的新字。

詞綴 (Affix)

構詞中，只能附加於另一詞幹而不能單獨存在的成分，
依其附著的位置可區分爲前綴（prefixes）、中綴
（infixes）與後綴（suffixes）三種。

十三劃

圓唇 (Rounded)

發音時，上下唇收成圓形而發的音。

塞音 (Stop)

發音時，氣流完全阻塞後突然打開，讓氣流衝出而發的音，如國語的 /ㄅ/。

塞擦音 (Affricate)

由塞音和擦音結合而構成的一種輔音。發音時，氣流先完全阻塞，準備發塞音，解阻時以擦音發出，例如國語的 /ㄘ/ (ts)。

滑音 (Glide)

作爲過渡而發的音，發音時舌頭要滑向或滑離某個位置。

十四劃

違反事實的子句 (Counterfactual clause)

條件子句的一種，所陳述的條件與事實不符。如「早知道就不來了」中的「早知道」。

實現式 (Realis)

指已發生或正在發生的事件。

構擬 (Reconstruction)

指比較具有親屬關係之語言現存的相似特徵，重建或復原其原始語的過程。

貌 (Aspect)

事件內在的結構的文法表徵，可分爲「完成貌」、「起始貌」、「非完成貌」、「持續貌」與「進行貌」。

輔音 (Consonant)

發音時，在口腔或鼻腔中形成阻塞或狹窄的通道，通常氣流被阻擋或流出時可明顯的聽到。

輔音群 (Consonant cluster)

出現在同一個音節起首或結尾的相連輔音，通常其組合會有某些限制；如英語只允許最多 3 個輔音出現於音節首。

領屬格 (Genitive case)

表達領屬或類似關係的格。

十五劃以上

樞紐結構 (Pivotal construction)

複雜句結構的一種，其第一個句子的賓語爲第二個句子之主語。如「我勸他戒煙」，其中「他」是第一個動詞「勸」的賓語，同時也是第二個動詞「戒煙」的主語。

複雜句 (Complex sentence)

由一個以上的單句所構成的句子。

論元 (Argument)

動詞要求的語法成分，如在「我喜歡語言學」中「我」及「語言學」爲動詞「喜歡」的兩個論元。

齒音 (Dental)

發音時舌尖觸及牙齒所發出的音，如賽夏語的 /s/。

濁音 (Voiced)

指帶音的輔音，發音時聲帶會振動。

謂語 (Predicate)

語法功能分析中，扣除主語的句子成分。

選擇問句 (Alternative question)

問句之一種，回答爲多種選項中之一種。

靜態動詞 (Stative verb)

表示狀態的動詞，通常不能有進行式，如國語的「快樂」。

擦音 (Fricative)

發音方式的一種，發音時，器官中兩部分很靠近但不完全阻塞，留下窄縫讓氣流從縫中摩擦而出，例如國語的 /ㄙ/ (s)。

簡單句 (Simple sentence)

只包含一個動詞的句子。

顎化 (Palatalization)

指非硬顎部位的音，在發音時，舌頭因故提高往硬顎部位的過程。如英語 tense 中的 /s/ 加上 ion 後，受高元音 /i/ 影響讀爲 /ʃ/。

關係子句 (Relative clause)

對名詞組的名詞中心語加以描述、說明、修飾的子句，如英語 *The girl who is laughing is beautiful.* 中的 *who is laughing* 即爲關係子句。

聽話者 (Addressee)

說話者講話或交談的對象。

顫音 (Trill)

發音時利用某一器官快速拍打或碰觸另一器官所發出的音。

讓步子句 (Concessive clause)

表讓步關係，如由「雖然...」、「儘管...」所引介的子句。

索引

國家圖書館出版品預行編目資料

鄒語參考語法／齊莉莎作． —初版． —臺北
市：遠流，2000〔民89〕
面；　公分． —（臺灣南島語言；7）
參考書目：面
含索引
ISBN 957-32-3893-4

1. 鄒語

802.995　　　　　　　　　　　　89000114